JN161994

戦争孤児

申英慧

プロローグ

「朝鮮戦争」、「六・二五戦争」と呼ばれる朝鮮半島での戦争が休戦となり、六十年以上の歳月が流れた。しかし、朝鮮半島は今も幅四キロという非武装地帯をはさんで二つに分かれたまま、緊張が続いている。

第二次世界戦争が終わり、日本の敗戦とともに植民地という位置から解放され、「万歳(マンセ)！」と叫びながら喜んでいた当時の朝鮮半島の人々は、新たな悲劇が始まっているとは夢にも思わなかった。

一九四八年八月、アメリカ軍の占領により、南に大韓民国が建国され、九月にはソ連の支持によって朝鮮民主主義人民共和国が建国されて、朝鮮半島は不穏な空気に包まれていた。

　一九五〇年六月二十五日、遂に戦争が勃発した。

朝鮮人民軍は、圧倒的な戦力格差と奇襲で南を攻撃し、韓国軍は一時釜山（プサン）まで押し込められた。だが、アメリカ軍をはじめとする連合国軍の支援により、韓国軍は朝鮮人民軍勢力を一掃するように見えた。ところが、中国の国境に近づき、勝利を目前にしたとき、中国解放軍が志願軍という名で介入してきた。朝鮮半島は米中対決の場となり、血生ぐさい空気に包まれた。

　お互いの軍人の犠牲はもちろん、朝鮮半島が焦土となり、無数の罪のない民間人が巻き込まれ、犠牲となった。

　わたしもこの戦争を経験し、生き抜いたひとりである。

　戦争の中でわたしたち三兄妹は離ればなれになった。

　休戦となり、六十年以上経っても、昨日起きたことのように鮮明に思い出せる。

　さくらんぼのような唇に笑みを浮かべ、澄んだ瞳でわたしを見つめながら遠ざかっていく妹の顔は、今も目の前にあるような気がする。

　この六十年余りの間、一度も妹のことを忘れたことはない。しかし、探そうとして

プロローグ

も探すすべがない。わたしはこの幼いときの物語を世の中に出すことで、妹を探してみたいと思った。

賢い妹はそのときのことをきっと覚えていると信じている。わたしたちが孤児院に入ったときのこと、兄と姉と三人で、二つの孤児院の間を彷徨っていたときのこと、深い山の中のお寺で子犬に噛まれたことなどなど……。

美淑（ミシュク）がこの本を運よく読んでくれれば、自分のことだと気づくかもしれない。美淑を養い育ててくれた第二の家族や周りのだれかがこの本を読んで、美淑に知らせてくれるかもしれない。

美淑が今まで命を落とすことなく、激動の時代を生き延びて、どこかでこの本を手にしてくれることを願っている。

わたしは中国に住みながら、分断された朝鮮半島の空を仰ぎ、気をもみながら生きてきた。

休戦後、南の経済が難しい状態だったとき、韓国のどこかで生きているかもしれない妹の美淑が、飢えてどこかに倒れているのではないかと心配し、心が休まらなかった。

一九八〇年代に入り、韓国の経済がすばらしい発展を遂げたときは、驚きとうれしさで胸がいっぱいだった。美淑もその中で幸せに暮らしていると信じた。

南北の対話が進み、テレビで韓国大統領が北を訪問する場面を見たとき、離散家族が抱き合って涙を流す様子を見たときは、南北の統一が今すぐにでも実現できるようで、興奮し喜んだ。いつか三つの国に別れているわたしたち兄妹が一箇所に集まり、懐かしく幼いときの話を分かち合うことを想像しながら、涙を流した。

国同士の対話が途切れ、互いに銃を向けて対峙する姿を見るときは、北にいる兄と南にいるはずの妹が立ち向かっているようで、胸が裂けるような苦しさをどうすることもできない。

同じ朝鮮半島に住み、同じ言葉を話し、同じ習慣を営む一つの民族がなぜ二つに分かれなければならないのか。一日も早く統一された三千里錦繍江山（サムチョンリクムスガンサン）（朝鮮の別称）の上にみんなが幸せに暮らせる強い国が現れることを祈っている。

プロローグ

戦争孤児 ―もくじ―

もくじ

戦争孤児の集団疎開

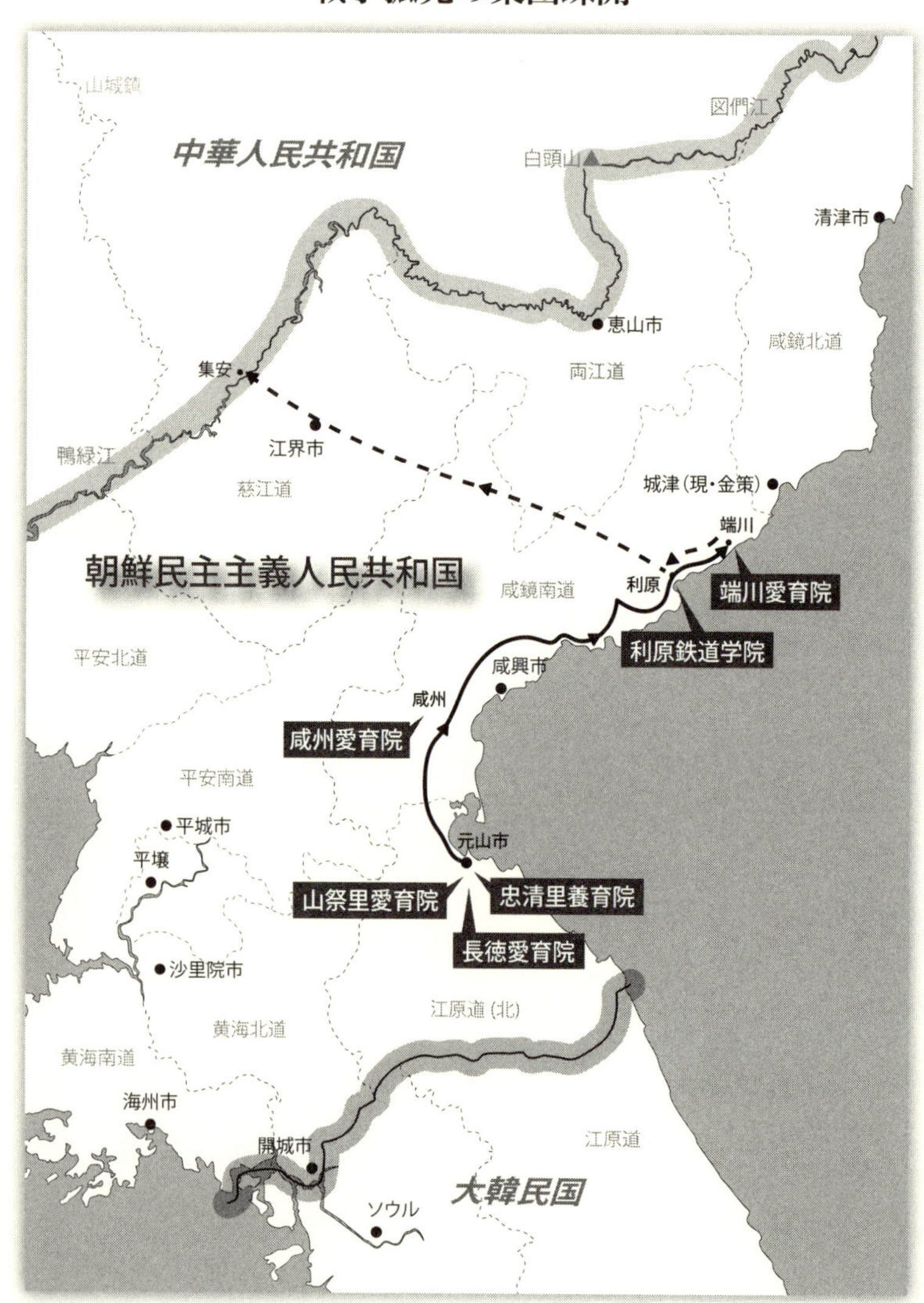

※移動ルート／ ―― 歩いて移動・ - - - トラックで移動

第一章

家族

暖かい春の日

母の病気は日に日に重くなっていた。もう母は寝床から起きられなかった。大人たちはわたしと美淑(ミシュク)を母に近づけないようにした。

暖かい春の朝、母の三番目の弟の姜慶冒(カンキョンモ)叔父さんはわたしと美淑を連れて家を出た。久しぶりの外出だった。どこに行くとも言われなかったので、七歳だったわたしは不安を感じた。近ごろ、大人たちがときどき声を潜めて、ちらちらとわたしと美淑を見ながら話している様子が気になっていた。三つ下の妹の美淑は公園に行くんだと喜んで、母さんも一緒に行こうとはしゃいだ。

「寝ている母さんを起こしちゃだめだよ」

叔父さんに言われても、美淑は喜びを抑えきれないでいた。

バスに乗って忠清里(チュンチョンリ)駅で降り、やや大きい道を渡って広い坂道に入った。低い山を登るような緩やかな道に沿って、両側に峠の一番高い所まで並んでいるポプラは空を突くように高く、風にそよぐ葉の表の緑と裏の白さが、陽の光を受けてきらめいていた。

さっきまでポプラの木を楽しそうに数えていた美淑はいつの間にか叔父さんの背中で寝込んでいた。五月の暖かい日に美淑を背負って坂道を歩く叔父さんの顔には、大粒の汗が流れている。

「休んでいこう」

と言って、ぐっすり眠る美淑を背中からそっと降ろすと、叔父さんはそのまま抱いてポプラの木にもたれて座り、わたしもその横に並んだ。

「家が中国で清算されたことを絶対に人に話してはいけないよ、わかっているね。お父さんは人民軍（北朝鮮の軍隊）に入隊し、お母さんは亡くなったと言うんだよ。よく覚えておきなさい」

わたしは黙ってうなずいた。家が清算されたときのことは、全部ではないが記憶に残っている。ただ、それはだれにも話してはいけないことだった。

和龍の家

　母と兄の英圭（ヨンキュ）、わたしと妹の四人で暮らす家は、中国吉林（ジィリン）省の和龍（ホルン）にあった。母は小さい店を経営していた。朝、ご飯を食べると出て行き、昼に戻るとわたしと妹に食事をさせてからまた出かけ、夕方には水飴を混ぜて固めたポップコーンを二つ持って帰って来た。わたしと美淑は飛び上がらんばかりに喜んで食べた。

　和龍に住んでいたころの父の記憶はない。兄から聞いた話では、わたしが三歳のとき、父は吉林省延辺（ヨンビョン）地区（旧満州）の義勇軍に参加し、前線に行ったという。父と暮らしていたころは、平屋の建つ広い庭には四季折々の花が咲き、特に夏には父が庭の一角に植えたたくさんのひまわりが近所の人の評判になっていたという。蓄音器や写真機まであり、兄は父とよく釣りに行ったそうだ。ある日、釣りに行くとき、付いてくるなと父に言われたのにこっそり付いて行き、川で溺れて、父に殴られたこともあったという。

　昼間、家にはいつもわたしと美淑だけだった。四歳上の兄は学校に通っており、放課後にはよく友だちと遊びに出かけた。夏には庭いっぱいに鳳仙花（ほうせんか）、百日草、千日紅（せんにちこう）、朝顔、白粉花（おしろいばな）などの美しい花が咲きほこっていた。「ウォリ」と呼ばれる犬がいて、いつも尻尾を振ってあいそをふりまいていた。ウォリは特に美淑と仲よしだった。ときには庭の花を踏みつぶして、母に叱られることもあった。

冬には雪を固めて四角に切り、豆腐に見立ててままごとをした。


毎年の正月には、大家族が祖父の大きい家でお正月の祝いをする。父は三人兄弟の末っ子だった。祖父の孫たちだけでも十何人いたので、列に並んで祖父母の前でお正月のお辞儀をし、お年玉をもらった。

五色袖のチョゴリに赤いチマを着たわたしと美淑が祖父母の前でお辞儀をし、お年玉をもらうと一目散に母の元へ走り、力いっぱい抱きしめてもらったことを覚えている。その日が大勢の親戚と過ごした最後のお正月になった。一九四七年の正月だった。

美淑とわたしは、いつも母と同じ布団で寝た。美淑は母に抱かれ、わたしは母の背中に体をくっつけて寝た。読書家の母は毎晩わたしたちに本を読んで聞かせたり、おとぎ話を聞かせてくれた。母は女学校を卒業していた。当時、女の子が学校に通うことは珍しいことで、お金がある家でも女の子を学校に通わせるのは無駄なことだと思われていた。

お金持ちで、教育を重視していた外祖父は、母を女学校まで通わせた。母はハングルと日本語を自由に読み書きできた。家にいた竹順（ズクスン）というお手伝いさんが辞めた後は自分で家事をしていたが、それでも本は手放さなかった。洪吉東伝（ホンキルトン）や瀋清伝（シムチョン）などの古典もあり、白雪姫、シンデレラなどの童話の名作もあった。

一九四七年の秋のある日、慌てて家に戻ってきた母に呼ばれた。当時、わたしは五歳だった。

「明日、だれかがやって来るかもしれないの。もし何かを持ち出そうとしたら、泣きながら引っ張ってちょうだいね」

だれかってだれ？　持ち出すってどういうこと？　緊張して震える母を見ていたわたしは、その場で泣いてしまった。

「バカね、今泣くんじゃないのよ。明日やってきたときのことを言っているのに」

あきれたように言う母は微笑んでいたが、眼には涙があふれているのだった。

その日をさかのぼること二年、一九四五年に第二次世界大戦が終わり、中国でも抗日戦争（日中戦争）が終了し、政権を巡る共産党と国民党の間の内戦が繰り広げられた。当時、大部分の地域は国民党の管轄になっていた。共産党は全力で大衆を味方に引き入れる工作を行った。東北地方は大多数が農民で、共産党は彼らの心をつかもうと、その生活改善を強力に推し進めた。農民にとって土地は生活の基盤であり、だれもが土地所有を望んでいる。すべての地主の土地を没収し、雇農（このう）、小作農、貧農に分配し、封建的搾取をもたらす土地制度から、働く農民に土地を所有させる制度に改める。それが一九四六年に始まった土地改革である。

広範な地域において凄まじい勢いで土地改革の運動を行い、民衆の利益と全体的な民主主義革命事業を緊密に連携するようにした。そして、民衆の広い支持を受け、東北地方の解放軍の兵士の数は百三十万人に上った。

しかし、東北土地改革の初期において、過ちもあったことは否定できない。土地改革の実際の経験がなく、理論的にも不十分なところが多かった。

おとなしい農民が運動に参加できず、一部の投機分子や怠け者、正業に就かない者たちがチャンスをつかんで「農会（ヌンフィ）」（農民協会のこと。土地改革の時、農村の革命権力機関として活躍）の指導的地位に就いたのだった。これにより、土地改革が過激に走ったのである。幸い、共産党の東北局がその事実を発見し、その行動を是正することができた。これは歴史的に「過激に対する是正」運動と呼ばれるようになる。

中国の内戦は、共産党が国民党の統治から全国の無産階級を解放するという視点から、「解放戦争」と呼ばれている。東北地区（旧満州）は、国民党の管轄から共産党の管轄となり、解放地区になったところだった。続いて人民政府が設立され、一九四六年七月から始まった土地改革は、一九四八年まで続いた。

農会による「清算」

わたしたちの家があった和龍では、一九四七年七月から全面的な土地改革に入った。土地改革が始まると、「農会」が組織され、農会は人々を動員して「清算」を始めた。清算とは、小作料をごまかして払わない悪質な地主や富農を糾弾し、その穀物の価格や量を正確に計算して、農民の利益を守ることだった。

だが、農会の一部の幹部らは、共産党の政策から外れた過激な行動に出た。そして、「清算」はすべての豊かな人々の財産を略奪する行動となっていった。

清算の嵐は、わたしたち四人家族にも及んだ。そのころ父は、中国人民解放軍に編入されて前線で戦っていた。

母に不思議なことを言われた翌日、朝ご飯を食べているところへ、突然、十数人の男が戸を蹴っ飛ばして入ってきた。一目で貧しい農民やならず者たちだとわかる。わたしは彼らが家の中の物を勝手に運び出すのを驚いて見ていたが、前の日、慌てた様子で家に戻った母に言われたことを思い出した。

部屋からは半分以上の家具が消えていた。わたしは甲高い声を上げ、近くの男に突進し衣類や布団をもぎ取ろうと引っ張る。よろめいた男は、

「なにするんだテメー！」

と興奮した声を上げ、足を蹴り上げた。わたしはたんすに頭をぶつけて床に倒れた。美淑を抱いていた母は美淑をおろし、わたしを引き起こして抱きしめる。母の目に涙はなかった。怒りで光っていた。まだ二歳の美淑は狂ったように泣き出した。母は美淑をも抱きしめ、彼らをにらみつけ、

「お前たちには子供もいないのか。子供に何の罪があるのか」

と叫んだ。

父のいない家では九歳の兄が頼りだが、朝早く学校に呼び出されていない。すべてが持ち出されたかに見えたとき、一番威張っていた男が部屋を見回し、おこげの張り付いた釜に手をかけて抜き出した。

「何だこれ、ふざけやがって！」

かまどには焦げたチマチョゴリが無残に焼け残っていた。光の加減で透かし模様のつぼみが花開くように見える精緻なシルクサテンで、嫁入りのときに持ってきたまま袖を通したことのない品だった。

奴らに奪われるぐらいなら捨てたほうがましと、母が自ら火にくべたのだが、しっかりした生地は半分以上焼け残っていた。母も、まさか釜まで抜いて行くとは想像もしなかったのである。


焼け残りのチマチョゴリがあだとなり、母は男たちに引っ張られていった。

わたしも美淑を背負って後を追った。農会の会議室は鍵がかかっていて入れなかったが、中から男たちの毒づく大きな声が聞こえた。わたしは恐怖で半分泣きながら戸の隙間から中を覗いた。五人の人が腕を縛られたままひざまずいていた。母の姿も見えた。周りに立っているベルトや棍棒（こんぼう）を持った男たちが、とうとう凶器を振り回し始めた。

「あー、あっ！」という悲鳴が上がった。わたしはそれ以上こらえられなくなり、戸を叩きながら大声で泣き始めた。背中の美淑も一緒に泣き出した。その途端、男が出てきた。

「なぜここに来たんだ。早く帰れ！」

「母さん！　母さん！」

わたしと美淑の泣き声はさらに大きくなった。男は、周りにいる男たちに、「そのガキを早く家に連れ戻せ」とわめいた。

夕方、殴られて顔を腫らし、遠い親戚の人に背おわれて家に戻った母は、起きられなくなっていた。怒りは農会の男たちだけでなく、どこにいるかもわからない父に向かっていた。

「彼さえいれば、こんな目にはあわなかったのに」

お嬢さん育ちで世情にうとい母は、「家族を捨てて逃げたやつ、帰ってきたらただではおかない」と、毎日のように天井に向かって父を罵倒した。

家庭成分

強く反対したにも関わらず、家族を残してこっそり家を出ていき、義勇軍に参加した夫を母は恨んだ。夫さえ家にいれば、こんな目にはあわなかったはずだと。

南満州鉄道（満鉄）のある部門で経理を担当していた父は、日本の敗北とともに職を失い、小学校の教師をしていた。

共産党が勝利し、解放された地方では、解放当時の経済状況によって、所属する階級の身分が決められた。これが「家庭成分」だった。

農村では悪辣地主、地主、富農、中農、下中農、貧農、雇農などに分類され、都市では買弁資本家、資本家、小市民、労働者、自由業者などに分けられた。農村の場合、地主や富農は小作農を搾取したということで、「家庭成分」が悪いとされ、清算の対象となった。

結婚の際、祖父がほかの息子たちにしたように、土地を分け与えようとしたのを父は断っている。土地を持たない父は「地主」ではなかった。小学校の教師だったので、

「小市民」が正しい成分だ。ところが地主の息子だということで、農会の無知な連中が父を「小地主」にしたため、清算の対象となった。地主である申氏一族のうち、共産主義を支持していたのは父だけだった。当時の言葉を借りると「赤者」だった。

母は父の説明には耳を貸さず、義勇軍を組織する父たちの行動に反対していた。しょっちゅう口論になり、父は身内の賛成を得られないまま、こっそり家を出た。革命が勝利したときには、家族を幸せにできると信じていた。

そんなことを知らない母は怒るだけだった。

「自分だけ逃げて、わたしたちをほったらかして……」

「あの農会の李のやつ、わたしのチマチョゴリを自分の女房に着させて……。必ず取り返して見せる」と言っては、涙を流したりした。

そのころ、小学校に通っていた兄は、学校でも農会の幹部の子供たちにいじめられていた。彼らは地主や富農の子女をひとりずつ椅子の上に立たせ、「隠した財産を吐き出せ」と迫った。

知らないことをでっち上げることは兄にはできなかった。何を言われても「知らない。知らない」と答えるしかなかった。何も得られなかった彼らは兄が着ていたコートを奪い、一番貧しい子供にやった。代わりにその子の継ぎだらけのぼろ服を着て帰った兄の姿を見て、母は兄を思い切り叩きながら泣き叫んだ。

「みんな敵だ。その父さん譲りの顔も見たくない！」

母がわめくたび、わたしと美淑は恐怖で泣き声を上げた。

清算というひどい嵐の中で、母はすっかり別人になったようだった。昔の優しい姿はどこにも見えなかった。大きな声で笑いながら、おとぎ話を聞かせてくれた母はどこかへ消えてしまった。

道理に外れた清算の行為は、大勢の人の不満を引き起こした。前線で戦っている解放軍兵士の中からも抗議の声があがった。「命をかけてここで戦っているのに、家族の財産を奪うなんて理不尽だ。家に戻って家族を守る！」と。

一九四八年、共産党は人民政府や農会での一部の人々の行為を是正し、間違って清算された財産や奪われた土地を返却する対策を実施した。特に軍人の家族は優遇されることになった。

わたしたちの家も軍人家族であり、奪われた物が戻ってきたが、価値のあるものはなかった。母の嫁入り道具の一つで、わたしと美淑がよくかくれんぼに使った、真珠と玉が飾られたタンスも行方がわからなかった。

農会の幹部らも家に来て、母に頭を下げて謝罪したが、母は見向きもしなかった。彼らはわたしたちの家の名誉を回復し、解放軍の家族であることを象徴する大きな赤い花まで軒下に付けて行った。

義勇軍に入った父は、そのころ中国人民解放軍の一員として戦っていた。

一九四六年、中国内戦が始まると、大衆は選択を迫られた。国民党と共産党、どちらに付くべきか。共産主義を理想とする父は共産党を選んだ。労働者や農民が国家の主になる国が建てられる、共産主義が最後に勝利を獲得すると信じていた。同志を集め、組織した朝鮮人義勇軍は八路軍に吸収され、やがて中国人民解放軍に組み込まれ、父は中国各地を転戦していた。


わたしたち三兄妹を食べさせるため、母は奮闘した。店を開き、干し鱈を売ったりしたが、出身が「地主」である限り、何をやっても難しかった。

父方の祖父とその兄弟三人の家も土地をたくさん所有していたため、みな地主の成分に分類された。アヘンに溺れ、身代を潰してしまった人を除いては、地主全員がすべての土地と財産を没収された。祖父や叔父らも無一文となったのである。

祖父と父

　朝鮮半島と国境を接する中国東北地方では、古くから朝鮮民族が開拓、開発に関わっていた。一九一〇年、朝鮮が日本の植民地となったときに、朝鮮総督が発布した「土地調査法」が実施される。このいわゆる土地調査事業とは、東洋拓殖株式会社が日本政府の援助の下、手厚い資金で土地を購入することであった。大量の朝鮮農民が土地を失い、農村社会の構造には大きな変化が起こった。土地を失った朝鮮農民は日本地主の小作農、作男（さくおとこ）や火田農（かでん）（山地で焼き畑をする農民）と変化した。そして、破産した農民は朝鮮を離れざるを得なかった。主に地理的に近い日本や中国に移っていったが、朝鮮総督府は中国での日本の勢力範囲を拡大するため、意図的に彼らを中国の方へ誘導した。

　当時、朝鮮では自然災害が続き、農民は飢餓に苦しんでいた。特に中国と国境を接する咸鏡道（ハムキョンド）では事態が深刻だった。食い詰めた農民が図們江（トメンジャン）（豆満江（トゥマンガン））と呼ばれる川を越えて中国側に入り、多くは稲作を行って暮らすことになった。持ち前の勤勉さで、冷たい水田での作業やきつい開墾を嫌わなかったため、財を蓄え成功する人も少数ながらいた。

父方の祖父である申賢黙（シンヒョンムク）もそのひとりだった。

朝鮮半島が完全に日本の植民地となった一九一〇年代、咸鏡北道（ハムキョンブクド）の城津（ソンジン）に住んでいた祖父は、国境を越えた北間島（ブクカンド）（現在の中国吉林省延辺地区）には開拓さえすれば自分の所有になる土地がいくらでもある、という噂を聞いた。極貧だった祖父は兄弟四人で、少しばかりの家財道具をしょいこに乗せて北間島に向かった。同じような境遇の朝鮮人が大勢新天地を求め、国境を越えていた。

最初の年は雪に覆われた畑に残る凍ったじゃがいもや大根、白菜を食べて冬を越し、雑草だらけの耕地を焼いて耕し、水を引いた。手つかずの沼地や荒野は、豆やとうもろこしよりずっと儲かる水田に変わった。米が収穫できると粟と交換し、量を増やして食べた。

噂はほんとうだった。開拓した土地は所有が認められ、三年間は税金もかからない。次々と水田を広げ、朝鮮人居留地が急速に発展する中、申氏四兄弟はひとり二百ヘクタールの土地と莫大な財産を所有する大地主になっていた。図們江を渡ってから二十年後のことである。

　とりわけ成功したのは、祖父と一番下の四番目の弟、在黙（ゼムク）だった。漢方の知識のある祖父の賢黙は、小作農に水田を耕作させる一方で、漢方医院を開き、山からいくらでも採れる薬材を処方した。病院などのない時代、医療と言えば漢方薬で、祖父は漢方医として尊敬され、収入も良かった。

　日本の統治下となった北間島で、在黙は農家から集めた米を日本の商社に卸すことで財を成した。持ち前の勘の良さで、精米所や当時まだ珍しかったトラックまで所有していた。牛車がのろのろと走る田舎では馬車でさえ格好よく、小さな集落を行き来するトラックともなれば、みなを驚かせた。

　第二次世界大戦が勃発すると、日本の商社は祖父たちの住む町に巨大な米の貯蔵庫を設け、買い集めた米をそこから日本の前線に送り出した。在黙はそうした大口で割のよい仕事によって、さらに資産を増やしていった。

　北間島で賢黙は三人の息子に恵まれた。長男の泰皓（タエホ）、次男の泰集（タエジブ）に続き、末っ子の泰俊（タエジュン）が生まれたのは一九一三年のことだ。一家はまだ経済的には苦しい時期ではあったが、子供たちは溺愛された。

小さいときからやんちゃだった泰俊、すなわちわたしの父は、八歳のときに靴も履かずに馬に乗って村を駆け回り、両親の胆を潰した。民間の朝鮮中学校に上がると、教師の抗日思想の影響を受け、「共産党万歳！」と叫びながら、列を作って校内を回り、退学処分となった。日本は共産主義に敵対的だったが、延辺地区では中国人、朝鮮人、日本人の共産主義者が地下で活動し、反帝、反封建の闘争を唱えていた。

息子におかしな思想を植え付けたあげく、退学処分にしたと、祖父は学校に抗議した。そして父は、祖父の命で日本に留学することになった。留学先は父の甥の優圭（ウキュ）が一足先に留学していた山梨県の身延（みのぶ）中学校である。祖父は、父が高校を卒業した後、日本の大学に留学させるつもりだったが、中学で退学処分となったため、やむなく日本の中学校に入学させることとなった。

中国東北地方の裕福な家庭では日本留学が流行りだったので、父も抵抗なく、むしろ喜んで日本に留学した。日本に渡ってから半年くらいは日本語クラスに入れられて、日本語を習った。

運動神経のいい父は高校時代に柔道四段となり、野球部でも活躍した。だが、遊ぶお金はなかった。息子が日本で怠惰な生活を送ることを心配した祖父は、二十五円というぎりぎり生活できる額しか仕送りしなかったのだ。地主の息子で財力のある家庭に生まれていながら、ほかの同級生のように旅行にも行けず、長い休みには必ず中国に呼び戻された。祖父は、息子がほかの留学生のように恋愛にうつつを抜かし、日本から結婚相手を連れてくるようなことを何よりも恐れていた。

日本での十年近くに及ぶ学生生活は、父に忘れがたい思い出を残した。父は心から日本が好きになっていた。

最初は一部の日本人学生に差別されることもあった。ある日、父が校庭の鉄棒のところで友だちと話し合っていると、大村という上級生のひとりが赤い唐辛子を木の枝に突き通し、「おい、センコ、センコ（鮮公）」とふざけて声をかけてきた。父は何も言わずに彼の襟元をつかみ、足をかけて倒すと馬乗りになり、頭や顔、鼻を思い切り殴りつけた。周りには日本人の学生や朝鮮人の学生もいたが、だれも大村を助けようとする者はいなかった。彼がひざまずいて許してくれと謝るまで蹴りつけた。その事件があってから、だれひとり朝鮮人だと見下す者はなかった。

野球部のメンバーや柔道部のメンバーとの友情は、父が年をとってからもよく話してくれた。その中に、父と一緒に日本を一回りするような旅行をした伊藤という友人がいた。

彼と父は二人とも野球部の投手だった。二人は非常に仲が良かった。伊藤は貧しい農家の三男坊だったが、叔父が大きな味噌工場のオーナーだった。叔父には子供がおらず、伊藤が大学に進学できれば、養子として叔父の家を継ぐことになっていた。

彼は中央大学の商学部に入った。父と同じ大学だったが学部が異なっていた。伊藤の叔父は大喜びで彼を養子に迎えた。彼はそれをわたしの父に知らせ、父も彼のことを祝福した。

大学での最初の夏休みに、伊藤は父を家に招待した。あらかじめ伊藤から父のことを聞いていたらしく、彼の叔父は大喜びで父を迎えた。

父が自分の家の事情を話すと、伊藤の叔父は、

「満州というと、大豆の産地だったね。うちの工場でも満州の大豆を使って味噌を作ろうと思っている。中君の叔父が貿易もやっているなら、都合がいいな」

とうれしそうに笑ったという。

食事が終わり、庭を散歩しながら、伊藤は「昔は、お金に困ってろくに国内旅行も

できなかったが、今度は叔父が十分に使わせてくれるんだから、二人で日本を一回りしよう」と言って大声で笑った。その夏休みに、父は伊藤と一緒に大阪、奈良、九州、北海道まで一回りした。

一九三七年、中央大学法学部在学中に抗日戦争（日中戦争）が勃発した。祖父はすぐに父を呼び戻した。大好きな学校や友人から離れることはつらかったが、戦争での敵国である以上、日本に残ることは許されなかった。

祖父は日本で法学を勉強した父に警察官僚になってもらいたいと思っていた。権力のある警察に息子を送り込み、氏族の権利を守ってもらおうと思ったのだ。

しかし、父の考えは違っていた。日本留学中も書物を通して共産主義の思想にふれ、だれもが平等な権利を持つ貧富の差のない社会にあこがれていた。貧しい労働者や農民に同情する気持ちが強く、権力をふりかざす警察や祖父のような地主に反感を持っていた。警察に就職するどころか、ある日、隣の友人をいじめようとした警察の人と喧嘩になり、大けがをさせる事件まで起こした。この事件は祖父のお金と謝罪でやっと収まった。

大喧嘩の末、祖父の押し付けを振り切り、父は日本の企業である南満州鉄道(満鉄)経理部に就職した。父はその当時、大勢の青年たちと同じようにマルクス主義の信奉者だった。共産党はまだそれほど力を得ていないが、いずれこの国は共産主義国になるだろうと思っていた。

外祖父

外祖父の家は祖父の家からそれほど遠くなかった。どちらも同じ吉林省の管轄にあった。外祖父の家は吉林省の北にあたる汪清県(ワンチンセン)と隣接していて、祖父の家からは二百キロぐらいのところにあり、米の販売や漢方薬の取り引きなどで昔から親しく付き合っていた。父と母の婚姻も正式な婚約という形ではなかったが、その話は通じていた。父が日本から帰国した年、お互いによく知っていた資産家同士の婚姻は、何の問題もなく成立した。母は日本から帰国した大学生の父に満足したし、父はきれいで資産家の娘である母を妻に迎えることに異存はなかった。

結婚した次の年、一九三八年に兄が生まれ、一九四二年にわたし、一九四五年には美淑が生まれた。

　その当時、共産党のいろいろな政策や規定などについて、一般の庶民は知らずにいて、人民政府や農会の勝手な解釈によって実行されていた。

　もちろん、母は共産党の政策などを知る由もなかった。名誉回復はされたものの、「小地主」という家族成分がつきまとった。父が去った後に母が始めた駄菓子屋もうまくいかず、頼るべき夫の一族もそばにいない。遠い親戚のおばさんと一緒に始めた干し明太（干し鱈）の商売も失敗に終わった。苦痛から逃げ出し、経済的な援助を受けようと母はわたしたちを連れて、東寧県（トンニンセン）の実家に向かった。

　しかし、外祖父の家も地主として清算にあい、家が空っぽになっていた。

　外祖父（姜正旭（カンゾンウク））もまた朝鮮半島からの移住者で、波乱の人生を送ってきた。外祖父は現在の中国の黒竜江（ヘイルンジアン）省の東寧県三岔口（サンチャコウ）に移住した。一九一〇年当時は延吉と同じく吉林省延吉道（イエンジィド）の所属であり、南は汪清県および琿春県（フンチュンセン）と隣接している。東はロシアと百三十九キロの国境を境に接している。大勢の朝鮮人がこの町に落ち着き、農業を営むと同時に、昔からロシアとの貿易を盛んに行っていた。

　外祖父もその中のひとりであった。中には国境を越え、ロシアに移住したり、中国側に住みながら、辺境貿易に携わる人も多かった。彼らは中国の原色綿布、綿糸などの衣料や穀物、お茶、砂糖などをロシアに持って行き、毛皮、ラシャや工業品と交換していた。

　ある時期から、ロシア政府は税金なしで行っていた辺境貿易を禁止し、国境に住んでいる中国人や韓国人をロシアの内地に移住させ、国境にはロシア人を配置した。ロシア内地に移った外祖父は、体を資本にして伐採の仕事をする労働者となったが、重労働を余儀なくされていた。運よく、付近の農場主の息子と仲良くなり、伐採労働を辞め、農場の経営を助けるようになった。農場主が亡くなったとき、息子は家族を連れてモスクワに移住し、農場の経営は外祖父に任せ、利益の一部を受け取るような形を取っていた。外祖父の悪戦苦闘の甲斐もあり、農場は繁栄し、財産は増えていった。外祖父は農場主の息子から農場を買い取った。また、中国の人脈を通じて貿易にも携わった。

　一九一七年、ロシア革命が起きたとき、外祖父はすでに相当の財産を蓄えていた。

ブルジョア階級が追放されるというサンクトペテルブルグから流れてきた噂を聞いた外祖父は、追放される前に一部の財産を金の延べ棒や金の粒、宝石などに変えて、家族を連れて脱出した。そして以前住んでいた東寧県の三岔口に戻った。そこにはもともと一緒に商売をやっていた朝鮮人が大勢いたし、彼らを通じてさっそく土地を買い、小作人を雇って農業を始めると同時に、昔からの人脈を利用してロシアとの商売も続けた。地元の農作物とロシアの工業製品を交換する貿易に力を入れた。漢方薬の店も経営し、長男の姜一秀（カンイルス）に漢方医術を習得させた。当時、貿易と漢方薬の商売は最も儲かるビジネスで、外祖父は両方から利益を上げ、再び資産家として名を成したのだ。

しかし、中国の土地改革の清算により、長年苦労して蓄えた財産が一瞬のうちに奪われてしまった。世を恨んだ外祖父は自ら毒薬を調合し、この世を去った。

外祖母は夫を亡くしたこの土地を離れたいと思った。そして家族全員が外祖母の故郷である朝鮮の江原道（カンウォンド）の元山（ウォンサン）に帰ることにした。皆が一緒にその場所を離れると目立つので、分かれて出発することにした。長男の一秀が先に祖母を連れて引っ越し、元山で生活の基盤を整える。その後で何人かずつ中国を離れることになった。長男に続いて二人の叔父さんが出発し、最後に三番目の叔父さんとわたしたち家族四人が元山に向かった。

母は朝鮮の山や岩場から湧き出るきれいな水のことを、小さいときに祖母から聞かされていた。そして、祖母と一緒に元山の名勝である金崗山(クムカンサン)へ一度だけ観光に行ったことがあると話してくれた。祖母から習ったという金崗山の歌まで口ずさんだ。

東海を流れる一万二千の峰々、
雲も足を止めて休んでいく外金崗(ウェクムカン)休養地……

また、朝鮮を離れて国外で故郷を想いながら歌う歌も聞かせてくれた。

わたしの住んでいた故郷は花咲く山の村、
桃の花、杏子(あんず)の花、ジンダルレ(唐紫躑躅(からむらさきつつじ))の花、
鮮やかに花の赤ちゃんを育てた村、
その中で遊んでいたころが懐かしい

と、母は歌いながら涙を流した。

農会の連中に殴られて病気になってからは、母は口癖のように朝鮮に行きたいと話していた。山美しく、水のきれいな祖国に行って療養すれば、自分の病気も治るかもしれないと夢見ていた。母は胸膜炎を患っていた。それに弟の姜一秀が漢方医だったので、治してもらえると思っていた。いつも胸や背中が痛いと言い、重いものを持てなくなっていた。移住の準備をしながら、図們江を渡るのに最適な季節である冬を待った。当時、家庭成分が地主や富農とされた家族は、自由に行動することができなかった。国内での移動にも家族成分が記入された通行証というものが必要だった。また、移住なども制限されていた。

人々の目を避けるため、家や家具など持っていけないものは、遠い親戚の人にその処分を頼んだ。十二月に入り、みんながお正月の準備で忙しくなって、人の行動に気を配らなくなったとき、わたしたちの脱出の準備は終わっていた。

中国から朝鮮の元山へ

一月のある日、母とわたしたち三人兄妹は、慶冒叔父さんと一緒に家を離れることになった。牡丹雪が降り続ける真冬の夜、頼んでおいた馬車が来た。屋根もない馬車だった。わたしたちは下にわらを敷き、その上に人と荷物でごっちゃになりながら座り込んだ。布団という布団はすべて持ち出し、頭からかぶった。母と叔父さんは雪が解けて布団が湿るのを防ぐために、布団の上に積もる湿った重い雪を払い落とすのに忙しかった。いつの間にか雪が霰（あられ）になると、振い落さなくても雪は自然に転がり落ちた。

零下二十度以下の夜の道を馬車は休まずに走った。夜明けごろ、一番上の布団がないのに気づいた。でこぼこの雪道を走る馬車の上で寝入ってしまい、布団が落ちるのもわからなかったのだ。その次の日から夜は休み、昼間だけ馬車を走らせた。すでに我々の脱出を気にする町からは離れていたからだ。

馬車での移動は何日も続いた。途中、知らない家でご飯を食べ、宿泊もした。そしてついに叔父さんの知り合いの家に着いた。ここで一日休み、図們江を渡るのである。

次の日、三人の男が来て、わたしたち三兄妹を背負って図們江を渡った。彼らは中国と朝鮮の国境を往来しながら、商売をする人たちだった。彼らは最も短い距離で安全に渡れるルートを知っていた。当時は国境と言っても、夜は番兵もほとんどいなかった。母と叔父さんは、わたしたちから少し離れて渡った。

わたしたちは無事に国境を越え、親戚の家に温かく迎え入れられた。中国東寧県三岔口の祖父の家を離れてから初めて服を脱ぎ、お風呂に入った。長旅で移ったシラミも捕った。下着やセーターを火鉢にかざすと、隠れていたシラミが熱さに耐えきれず這い出してくる。それをつかんで火鉢に放ると、「ピーッ、ピーッ」と音を立てて燃える。それがおもしろくて、わたしと美淑は下着を引っ張りながら待っていたが、四匹しか出てこなかったのは残念だった。

数日後、親戚の家を出て汽車に乗った。初めて乗る汽車は不思議なものだったが、車両と車両の間を渡るとき、間近に見えるレールや地面の流れに吸い込まれそうでたまらず、叔父さんの足をつかんだまま動けなくなった。

こうしてたどり着いた江原道元山市峰秀里（ボンスリ）には、外祖母と叔父姜一秀の一家が住んでいた。

祖母は温かく迎えてくれ、わたしたち四人は、二十平米くらいの大きな一部屋を専有して生活するようになった。一秀叔父はすでに結婚していたが子供はなく、「アリン」という名の女の子を養女として育てていた。アリンは言葉もまともにしゃべれず、知的障害があるようだった。わたしと美淑はアリンのしぐさやしゃべり方を真似して笑ったりした。ほんとうにかわいそうなアリンを幼いわたしと美淑はいじめていたのである。伯母は寂しそうに微笑んでいるだけで、叱りはしなかった。

実家に帰っても、母の体の病気と心の傷は癒せなかった。母はほとんど毎日怒っていた。

母は、兄の顔を見るたびに父のことを思い出すらしく、父のことを怒った。

「自分だけ逃げて、わたしたちをほったらかして、それがあなたのお父さんだよ。ここにいないで、父さんのところへ行きなさい」

と叫び、涙を流した。兄はうつむいたまま、黙っているしかなかった。

外祖母や叔父さんとの口喧嘩もしょっちゅうだった。祖母が叱られる兄のことをかわいそうだと庇（かば）うと、攻撃は祖母に向かっていた。漢方医をしている一秀叔父さんのところへ患者の家族が訪ねてきて、患者が治ったとお礼を言って帰った後は、母と叔父さんの間に口げんかが起こった。

「ほかの人の病気は治して、わたしの病気は治せないの？　治したくないのでしょう、早く死んで欲しいのでしょう」

と八つ当たりした。

母はすっかり変わっていた。昔の美しくやさしい母はどこかへ消えてしまったようだった。中国で家族を残してこっそり入隊した父への憤り、清算のときに受けた打撃、続いて実家での家族との不和などが一体となって、ますます神経質になり、病気も次第に重くなっていった。読書家で、いつも朗らかに大声で笑っていた優しい母の、昔の面影は消えてしまった。

胸膜炎も次第に肺に及んで、結核だと言われていた。その当時、結核を治す薬がないとされていた。患者にとって、何よりも大事な心の安静ができず、母の病気は悪くなる一方だった。それでもたまには薬を飲んだり、朝起きて「今日は少し腰も伸ばせるわ」と言って、笑いながらわたしと美淑を連れて散歩することもあった。そういうときは、わたしも美淑も母に従い笑いが絶えなかったが、夕方になると、母は疲れ切って倒れてしまい、もうおとぎ話を聞かせてくれる気力もないようだった。

母はときどき、「髪のシラミを捕ってちょうだい」とわたしの膝の上に頭を乗せたりしたが、シラミなどいるはずはなかった。髪をなでてもらい眠りたいのだ。わたしは、母がわたしの髪のシラミの卵を探して取ってくれたときの真似をして、母の髪を分けながら、なでたり、捕ったシラミやシラミの卵をつぶすまねまでした。

いつの間にか母が眠ると、わたしは母の頭を枕の上にそっと乗せ、隣の子供たちと遊びに行った。もう少し大きかったら、母の痛みを慮り、かたわらで看病できたはずなのに。

結局、母の病気は日に日に重くなり、寝床から起きられなくなった。

忠清里養育院

ポプラ並木を通り過ぎると、黄色い連翹（れんぎょう）の花が咲き乱れる細い道が現れた。先には広い庭園が見える。わたしと美淑はきれいな花に目を奪われていたが、その美しさを楽しむ暇もなく、大きな家に案内された。

　裸足で講堂を通って、奥の部屋に入る。そこは食堂のようで食卓が置いてあった。炊事係のおばさんが大きな茶碗を一つ持ってきた。じゃがいもが交じったご飯のおこげを水に浸けたものだった。美淑はお腹がすいたのか、スプーンを取って一口食べていたが、ちらっとわたしを見て、すぐスプーンを置いた。わたしはせっかく出された物を食べないのも失礼かと思い、美淑よりは少し多めに口に運んでからスプーンを置いた。今まで食べたことのないまずいものだった。炊事係のおばさんは、わたしたちの様子を見て、「もうこんな時間になっちゃって、何も残らなくて……」とひとり言のように呟きながら茶碗を片付けて出ていった。

　じゃがいものおこげは、熱いときには香ばしくておいしいが、冷めてしまうと固くなり、口の中でざらざらしてまずくなる。

　わたしと美淑がじゃがいものおこげを食べている間、慶冒叔父さんは孤児院の女の先生と声を潜めて話をしていた。食卓が片付けられているのを見て、叔父さんは急に立ち上がり、

「すぐ戻ってくるから、ちょっと待っていてね」

と言うなり、急いで出ていった。わたしと美淑はぼんやりと彼の後ろ姿を見つめていた。

わたしは美淑を抱いて部屋の隅に座った。急に疲れが出て、いつの間にか眠ってしまった。

子供たちの騒ぐ声に目を覚ました。食堂として使っているこの部屋に、子供たちが晩ご飯を食べに来ていた。大半がわたしと同じ年ぐらいで、美淑が一番小さかった。騒いでいる彼らは、隅に座っているわたしと美淑を見て、

「また新しく入ってきたみたい」

「姉妹のように見えるけど」

「似ているようで、また、違うようにも……」

と意地悪く、くすくす笑っている。

晩ご飯を食べた後、わたしと美淑は再び部屋の隅に座り込んだ。その日からその隅はわたしたちの巣となった。ご飯を食べては卵を温めるめんどりのようにそこに座り、動かなかった。

次の日から美淑は、母さんを探して泣き始めた。

「母ちゃん、母ちゃん！　母ちゃんのとこへ行く！　母ちゃん探して！」

「母ちゃんいないのに、泣いても仕方がないの！　泣くんじゃない！」

と言いながらわたしも泣いた。幼い美淑が母さんを探して泣くのは当然だったが、どうすることもできないわたしは逆に妹を咎めたりした。美淑は泣いては寝入り、目覚めるとまた泣いた。わたしも一緒に泣き、一緒に寝入った。心の中では、叔父さんが迎えに来るかもしれないという一縷の望みを捨てずに、じりじりしながら待った。その隅を離れると、叔父さんがわたしたちの居場所がわからなくなるのではないかと不安で、一歩も離れなかった。食事とトイレに行くとき以外は、絶対離れなかった。

三日目の朝、美淑は朝ご飯もろくに食べずに泣き始めた。妹は末っ子で、いつもみなにかわいがられ、わがままだった。わたしは、いつでも妹をひいきする母のことを恨んだりもした。しかし、今はわたしが母の代わりであり、叔父さんたちの代わりに妹を守り、面倒を見なければならない。家にいたときは、妹が泣いたりだだをこねたりすると、おいしいお菓子や飴などをやってあやした。今は何もない。妹はお腹がすいたと泣いている。

わたしはこの間、昼食として出してもらったじゃがいものおこげのことを思い出した。もしかすると、毎日、おこげが残っているかもしれない。炊事係のおばさんにお願いしてそれでも妹に食べさせようと思った。

泣いている妹の手を引いて、炊事場の方へ行った。ドアは半分開いているが、中にはだれもいない。家の周りを一回りしても炊事係のおばさんは見当たらなかった。美淑は泣き続けている。わたしはおばさんが帰ってきたら話そうと思い、中に入った。案の定、じゃがいものおこげが大きなパガジ（ひさご）の中に盛ってあった。それを少し手に取って外に出ようとしたとき、

「なにしているんだ、こんなところで」

というおばさんの声にびっくりし、手にしていたおこげを床に落としてしまった。おばさんの声を聴いて、美淑が大きな声で泣き出した。わたしは何も言わずに美淑の手を取り、走り出した。おばさんが付いてきて、「どうしたんだ?」と聞く。

「妹がお腹すいて、泣いてて……」

それ以上、何も言えなかった。涙があふれてきて声が出なかった。おばさんも見当がついたらしく、何も言わずに炊事場の方に戻った。

わたしは美淑を連れて、いつの間にかいつもの隅に座り込んだ。抱き合って泣いた。

泣けて泣けて、泣き続けた。しばらく泣いているところへ、炊事のおばさんがおこげを握りに固めて二つ持ってきた。そのおこげを見た途端、わたしは再び「わっと」泣いてしまった。おばさんはおこげを美淑とわたしに分けて渡してくれたが、わたしは二つとも美淑に渡し、再び泣いた。お礼を言おうと顔を上げておばさんを見上げたが、言葉が出ない。涙でおばさんがぼやけて見えた。

家にいたら、こんなことはあり得ない。わたしたちをこんなところにおいて行った叔父さんのことを恨んだ。人民軍に行ったという父のことを恨んだ。人民軍になっても家に帰ることはできるはずだと思ったからだ。叔父さんの家の隣に住む人民軍の将校は、ときどき家に帰ってきているのを見たことがある。四人で過ごした中国の家にいたときのことが懐かしかった。でも、今は帰れない。

先生や保母さんからは、

「少しは外に出て遊びなさい。なぜ隅にばかり座り込んでいるの？」

と叱られたが、うつむいて言葉もないわたしたちから返事を聞くのをあきらめ、出て行った。

わたしたちがおいて行かれた孤児院は「忠清里養育院」と呼ばれ、人民学校（小学校）入学前の子供を受け入れている所だった。当時四十名余りの子供がいた。布団を片づけたり、服を洗ったりする生活の面倒を見る保母さんを「オモニ（母さん）」と呼び、歌や踊り、お遊戯を教え、おとぎ話を聞かせてくれる保母さんを「先生」と呼んだ。ついに叔父さんを待つのを諦めたわたしは、美淑を連れて外へ出て遊んだり、ほかの子供と交わって遊び始めた。時間の流れは自然にわたしたちを環境に合うように変化させた。ほかの子とすぐに仲良くできなかったのは、わたしたちに咸鏡北道の訛りがあったからだ。ほかの子はみんな江原道訛りだった。わたしたちがほかの子と同じように江原道訛りでしゃべるようになってからも、子供たちはときどき咸鏡北道訛りのアクセントを真似て笑ったりした。

養育院の生活は貧しかった。一日三食のご飯にはいつもじゃがいもが混じっていて、あとは白菜に豆腐が少し入っているスープだけ。もちろんおやつもない。

養育院に入って一ヵ月くらい経ったころ、慶冒叔父さんが訪ねてきた。わたしと美淑の衣類や使っていた物を持ってきてくれたのだ。母が亡くなったことも知らせてくれた。

もしかしたら母の病気が治って、母のところへ戻れるかもしれないという望みは砕け、もうほんとうの孤児になったことを悟った。少しの印象も残っていない父のことは思いもしなかった。わたしたちが今まで頼ってきた柱がなくなったのだ。母のいなくなった家には戻れないと思うと、心細さと悲しみで涙がとめどなく流れた。美淑もわたしについて泣き出した。

叔父さんは、何か慰めの言葉を言ったようだが覚えていない。泣いているわたしにはその言葉が聞こえなかったし、聞こうともしなかった。

そのとき、わたしと美淑はもう養育院の生活に慣れていて、美淑も昔のように叔父さんにまとわりつくようなことはしなかった。慶冒叔父さんは、中国を離れるときからわたしたちと一緒に動き、一番よく面倒を見てくれる叔父だった。いつも優しく、特によく美淑を連れて公園に遊びに行ったりしたし、おいしいお菓子なども買ってくれた。美淑もそんな叔父さんが好きだったし、甘えていたものだった。

母は遂に病気を治すことができず、三十六歳という若さで、恨みを抱えたままこの世を去った。

母がいなくなった今となっては、家に戻れるかもしれないという期待は消えた。叔父さんは、わたしたちの兄の英圭が、小学生以上の孤児が入る山祭里愛育院に入ったことも教えてくれた。そのとき、ふと父が人民軍に入隊したと言われたことを思い出し、

「お父さんは、いつ人民軍から帰ってくるの？」

と聞いた。叔父さんは不意に質問され、戸惑っている様子だったが、

「まだわからない。わかったら知らせに来るから」

と言って、さっさと帰って行った。

父の戦線

後でわかったことだが、父は解放軍に編入された後、東北地方の解放戦争に加わり、一九四八年には共産党の勝利につながる歴史的な長春の包囲戦で手柄を立てた。その包囲戦で、父の所属する部隊は吉林市の豊満発電所を守る任務に当たっていた。発電所を占領していた国民党の軍隊は、吉林から撤退するときは、蒋介石の命令に従って

発電所を爆破する準備をしていた。解放軍はあらゆる機会を利用して宣伝を行い、発電所を占拠している国民党の部隊に思いとどまるよう呼びかけた。

豊満の発電所が破壊されれば、吉林市を含む周りの村や土地は水没し、数十万人が被害を受けることになる。

「豊満発電所は我が国の重要な財産である。愛国心があるかどうかは、豊満発電所を守るか守らないかにある」

「発電所を破壊するのは国家財産を破壊することであり、犯罪である。どんなに遠いところに逃げても人民は必ず追いかけ処罰することになる」

「人民の敵になるのではなく、人民側に立って、国の財産を守るべきだ」

といった宣伝を繰り返した。

父らの部隊は豊満発電所の真向かいの山に登り、大きなマイクを手にして、説得を繰り返していた。

ある日突然、国民党の部隊が父らの宣伝部隊のいる山を包囲してきた。父らは人数が少なく、一つの小隊しかいなかったが、たまたま中隊長が視察に来てこの山にいたのである。父は中隊長と相談し、包囲網を抜けて近くの山に陣取っている師団部の応援を求めることにした。中学時代から柔道や野球で鍛えていた父は、敏捷（びんしょう）な行動で国民党の包囲網を切り抜け、師団部にたどり着き、応援を求めることに成功した。師団部は二つの中隊を派遣して敵の背後から包囲し、国民党の攻撃を差し止め、一部の脱走者を除き、国民党の兵士全員を捕虜にした。救われた中隊長らは大喜びで父を迎え、功績を称賛した。

この手柄で、父は「火線（戦場での）入党」を果たした。希望すればだれでも共産党員になれるわけではなかった。共産党のために戦っている解放軍の戦士でさえ、党員は一部だった。戦場ではしばしば、功績を上げた戦士を戦場で入党させた。家庭成分が地主で、日本に留学した父の入党は、本来難しかったが、特別の功績によって入党が叶った。高学歴の知識人が少ない解放軍の中で、入党後、父の昇格は速かった。半年後には大隊長級の幹部となり、主に兵士の教育や宣伝部門を管理することになった。女性の多い文芸団も父の管轄であった。

長春包囲戦を含む遼瀋（りょうしん）戦役で解放軍は圧勝した。東北地区を解放すると勢いに乗って南下し、湖南（フーナン）省に着いた。戦う相手は国民党の正規軍だけではなかった。湖南では国民党に取り込まれた非正規武装集団である匪賊の抵抗が激しかった。文芸団の女性を殺して便所の屋根に吊るし、脅かすような事件も起こった。解放軍は匪賊らを分裂させ、できるだけ多くの民心を解放軍に従順させるために、捕虜となった貧しい農民出身の匪賊には、家に帰り、農業に携わるよう説得し、旅費まで出した。しかし、中には旅費を使い切って再び匪賊になる者もいた。彼らは、解放軍は自分たちが何をやっても殺さないと思っていたのだ。そして繰り返し、解放軍の兵士を殺害した。師団部でもこのような悪質匪賊には厳しい対策をとることにし、二度目に捕まった悪質匪賊は全員殺すことにした。この鎮圧があってから匪賊らもおとなしくなり、匪賊退治の効果も上がった。

解放戦争が順調に進み、中国の内戦が終わりかけたころ、隣の朝鮮半島は新たな戦いに向かっていた。一九四八年八月には大韓民国、翌九月には朝鮮民主主義人民共和国が相次いで成立した。半島の統一を目指す北と南の政権の争いは、三十八度線を間にエスカレートしていた。

北朝鮮の金日成首相は、中国共産党最高指導者の毛沢東に、解放軍の朝鮮人兵士を朝鮮人民軍に転籍させることを要求した。解放軍の高官の中からも、朝鮮人の軍人が朝鮮に帰りたがっているという要請があり、林彪（りんぴょう）は毛沢東に報告し、それは了承された。

一九四九年、解放軍が揚子江での大戦闘を計画していたとき、朝鮮人部隊が組織され、瀋陽（シェンヤン）に集結するようにと軍命が下った。瀋陽での再編成を経て父は師団長に任命され、朝鮮国境に近い延辺地区に移動した。そこで朝鮮人民軍に編入されることになっていた。父の師団長着任は解放軍側からの推薦であったが、延辺地区の軍人から師団長を推薦する動きがあった。派閥はどこにでもある。彼らは自分たちの派閥のメンバーを送り込むため、父の出身家庭が地主であることを取り上げて師団長就任に反対した。解放軍側は朝鮮に兵士を送ることが目的である以上、別に父の師団長着任にこだわり続けなかった。

結局、父は解放軍所属になっていた延吉の栄誉軍人学校の校長に着任した。この学校は、戦争中に負傷した退役軍人の再就職に備える学校だった。彼らは戦争に行ったこともない人たちが良い職に就き、偉そうな顔をして自分たちをバカにしていると思い、地方の幹部を憎んでいた。だれのおかげで今の平和な生活ができると思うのかと怒り、ときには地方幹部に暴力を加える者も少なくなかった。足の不自由な帰還兵が杖を振り回し、地方の幹部の頭を殴りつける事件まで起こった。こういう栄誉軍人に地方の幹部らはお手上げだった。何か事が起こるたびに父と栄誉軍人学校の幹部が出て調停するしかなかったのだ。戦場で戦った経歴のある父の説得には、帰還兵たちもおとなしくなった。

父はそのころに、母とわたしたち三兄妹が母の実家を頼って朝鮮の元山にいることを知った。父は状況が落ち着いてから迎えに行くつもりだった。朝鮮戦争さえ起こらなければ、わたしたちは父のもとへ戻り、三人そろって父と一緒に暮らすことができたはずだった。当時、軍隊の幹部の報酬は給与ではなく、必要に応じて供給する供給制度だったので、学費やその他のことは国が支給し、わたしたち三人は何の心配もなく勉強ができたに違いない。

しかし、今思えば地主の出身であることによって得をすることもあった。もし父が師団長として朝鮮人民軍に編入されていたら、まっさきに朝鮮戦争に参戦し、帰ってこなかったかもしれない。父の代わりに朝鮮人民軍に編入された師団長は帰ってこられなかったそうだ。歴史において「もし」は通用しないことはわかっていながらも、当時の父の境遇を悔しがったり、残念に思ったり、幸いに思ったりすることがたびたびある。

一九四九年十月、中華人民共和国の建国が宣言された。中央の指示に従い、解放軍は次第に地方へ転入されることになった。

父は一九五〇年三月に正式に地方へ復員し、吉林省吉林市の労働者農民幹部学校の責任者に配属された。父はいよいよわたしたち家族を迎えに行こうとしたが、一九五〇年六月、朝鮮戦争が勃発し、それが叶わなくなった。共産党の組織の中では、自分の思い通りに行動することはできない。

養育院の暮らし

北朝鮮では中国の東北地方より早く土地改革が行われた。一九四六年三月四日、土地改革法令が公布された。法令では、日本人や五町歩（約四百九十六アール）以上の地主の土地は没収され、土地のない農民や土地が足りない農民に無償で分配された。同時に土地の売買や抵当及び賃貸を禁止した。土地改革は順調に行われ、二十日間で土地改革の任務を完成した。小型の建物は農民に分配し、大型の建物は学校や社会団体に使用させた。果樹園や灌漑施設及び山と森林は国家所有となった。土地を所有するようになった農民は働く意欲が高まり、農業生産量を高め、愛国の情熱と政治的情熱を呼び起こした。

労働法令の実施によって、労働者の職業と生活の基本権利が保障されることになった。産業の国有化も実施された。すなわち工場、鉱山、石炭、鉄道、郵便、銀行などの事業が国有化された。そして福祉施設をつくり、町をさまよう孤児や親を亡くした子供たちを「養育院」や「愛育院」と呼ばれる施設に収容した。

兄が入った愛育院はもともとドイツ病院だった建物であり、わたしと妹の美淑が入った養育院は日本人のお寺を建て直した所だった。

養育院の環境はすばらしかった。建物と庭園は、孤児院として使うにはもったいないぐらいの所だった。

わたしたちを最初に迎えてくれたなだらかな傾斜地のポプラ並木、細道の両側に並ぶ連翹の花に続いて、大きな和風庭園が広がり、北側の小高い山全体が栗の木で覆われていた。

栗山のすぐ南側は四角い大きな平家で、玄関には靴箱があった。引き戸から入ると、五十人くらい入れる講堂があり、その東と西には部屋が三つずつ、北には二つあった。北側の引き戸を開けると、幅一メートルの板の間があり、東の端には便所があった。二メートル幅の道を隔てたところが栗の山だった。夜、この離れた所にある便所に行くのが一番恐かった。美淑が便所に行くたびにわたしも一緒に行かなければならなかった。その便所の肥溜めはちょうど家の北東の角にあたり、セメントで作られた相当深い桶だった。その桶が満杯になると、糞尿を運ぶ牛車が来て運んでいった。桶の上には木の板の蓋がかけられていた。東側の小さい庭の周りには二本の薬栗(平壌栗)の木と、三本の柿の木があった。

わたしたちは講堂で歌や踊りを習い、ときには集会も行われた。講堂の東と西の部屋は保母や孤児の寝泊まりする場所で、北の大きな部屋は昼間は食堂で、夜は子供たちの宿泊室になった。厨房は北西の方にあり、半地下になっていた。

玄関の引き戸から二メートル幅の内庭をはさみ、大人の背丈ほどある二つの石の柱が門のように立っている。柱の横には高さ五十センチ程度の石の塀が家を囲むように左右に広がる。石柱の間には五段の階段があり、家全体が庭よりその分高くなっていた。そこから前の庭が広がる。階段を降りたところの両側に木槿(むくげ)の花が一本ずつ植えてあり、夏から秋にかけて紫色の美しい花を咲かせていた。

大きな庭をはさんで西側に南北へとのびる細長い長方形の家が二つあった。その家には仏様が祀られているとのことだったが、朝鮮戦争前には一度も入れてもらえなかった。一九五一年の秋、火事があった夜、仏像を運び出すときに入ったぐらいだ。

大きい家から花園に通じる通路は桜の並木になっていて、その先にはアカシアの生垣に囲まれた広大な花園が広がっていた。真ん中には楕円形の池があり、中には石で築かれた丸い島が座り込んでいた。島に生えている一本の松の木はわた

したちが座って遊べるように曲がっていたが、先の方は上に向かって伸びていた。池の水は浅く、水の中で育ついろいろな蘭の花が咲いていた。池の周りには名も知らぬ小さい花が咲き乱れていた。そこここに石の腰掛けが置かれ、少し離れたところには二本の白い木蓮（もくれん）があった。その木蓮の木の間には白い石で作られた囲碁の盤があり、周りにはどんぐりのような形をした石の腰掛けが六台あった。だれも囲碁を打たないその囲碁盤は、わたしたちのままごとの食卓として使われていた。

　玩具もないわたしたちにとって、この花園は唯一の遊び場だった。まだほかの子供たちとなじんでいないときも、ここで花を摘んでままごとをすると、母のことや家のことを一時でも忘れられ、美淑を慰めることができた。

　天気のよい日、先生は必ずわたしたちを連れて、この花園で歌を教え、おとぎ話を聞かせてくれた。「瀋清伝（シムチョンジョン）」や「豆娘と小豆娘」（シンデレラの物語に似た継母の話）などの童話を聞かせてくれた。

　わたしと美淑がほかの子供たちと同じように江原道の訛りで話すようになってから、この花園の中でほかの子供たちに母から聞いた物語をよく聞かせてやった。みな喜び、わたしと美淑も彼らと仲良くなった。孤児院の子供の中には、男の子の方が少し多かった。彼らはときどき喧嘩もしていたが、普段は仲良く遊んだ。

大きい家の西側から、小川が花園の池に流れ込んでいた。小川の上流には、ゆるやかな斜面に桃の果樹園が広がっていた。ある日、まだ青いままの桃をこっそり取ろうとして、果樹園の木の囲いに穴を開けているところを果樹園のおじいさんに見つかってしまった。

叱られるのが恐くて、ぶるぶる震えているわたしたちにおじいさんは優しく言った。

「もう少し待つと、おいしくなるからそのときに来なさい」

そして、間引きした青い桃を分けてくれた。さねがまだ白くて柔らかいものをそのままかじりながら家に帰った。

桃が赤く熟したとき、わたしたちはあの優しいおじいさんを訪ねていった。おじいさんは大きな籠に桃をたっぷりとってくれた。おやつなど買ってもらったことのないわたしたちは、お腹いっぱい桃を食べた。おじいさんからもらった桃を両手に、頭を下げてお礼を言って別れた。そのとき食べた、とりたての甘い汁が滴る桃の味はいまだに忘れられない。おじいさんは、わたしたちが孤児院の子であることを知っていたのだ。

さらに上流へ行くと大きな二つの墓があり、両側には山羊や牛などの石像が立っている。普通、このような石像は、王様や昔の偉い人の墓の前に建てるものだった。相当偉い人のお墓だと先生は教えてくれたが、名前は覚えていない。

墓の前には祭壇があり、続いて芝生に覆われた広場がある。広場の左側に黒くて広い岩があり、普通の人間の足の二倍もあろうかという足跡が深く刻まれている。最初に先生がわたしたちを連れて見学に行ったとき、そこに祀られている将軍は、戦争や自然災害から人々を守ってくれた英雄だと教えてくれた。

端午節（旧暦の五月五日、大人の祭り）や秋夕（チュソク）（収穫を祝う祭り）には、元山市の町から大勢の人が集まってくる。お寺の女僧たちが祭壇に食べ物などを供養し、祭祀を行い、大勢の人が歌ったり踊ったりして、遊んで帰った。その日は、養育院の先生や保母たちもきれいな色鮮やかなチマチョゴリの装いで、わたしたちを連れて行く。そして、団体や個人からさまざまなご馳走を分けてもらった。わたしたちも養育院では食べられないおやつや果物が食べられて喜んだ。帽子に長い帯を付けて回す農楽舞などの珍しい出し物も楽しんだ。これが唯一の娯楽だった。

養育院がわたしたちにおやつなどを配ることはなかったが、養育院の花園はときどきおやつを用意してくれた。

桜の花が落ち、緑の実が赤く熟して紫色に変わる六月末、男の子たちは木に登って揺さ振り、女の子たちはその下でスカートの裾を広げ、甘くてみずみずしいさくらんぼの実を集める。スカートにまだらに染みをつけ、唇と頰っぺたも紫色にしたわたしたちを見ても、先生方は大目に見てくれた。わたしたちには玩具などはなかったが、花園には自然のおもちゃがいくらでもあった。楽しい自然の中での遊びのおかげで、わたしたちはさびしさや家や母への想いを忘れることができた。

外で遊べない冬の日や雨の日など家に閉じこもっていると、母がいつも買ってきてくれたポップコーンのことが懐かしく思い出され、しょんぼりと窓の外を眺めながら、涙を流すこともあった。

事　故

その日は朝からよく晴れて暖かかった。わたしと美淑は大きな家の東にある小さい庭で遊んでいた。薬栗と呼ばれる小粒の栗の木や柿が何本も植わったその庭には柿の花が満開で、庭にも散った花がたくさん落ちていた。わたしは柿の花を拾い、首飾りを作り始めた。養育院の友だちから習った遊びだ。豆粒より少し大きい鐘のような形をした柿の花は、半分が柿色、半分が白色で、糸を通して首に飾ると華やかでかわいかった。ほかの子が首にかけているのを見て、美淑が自分も飾りたいとせがむので、わたしも作ることにした。

柿の花はおいしそうに見え、思わず口に入れて嚙むと甘みもあるが、渋みの方が強かった。落ちたばかりの柿の花には潤いがあり、糸を通して並べるとかわいらしい首飾りになる。みずみずしい柿の花を拾おうと柿の木の下を探しているときだった。

「あっ」

という声に顔を上げると、美淑が見あたらない。手にしていた柿の花を捨て美淑がいた所へ駆けつける。そこは便所の後ろの肥溜めだった。わたしが花を拾っている間、美淑は真新しいかます（わらむしろで作った袋）に覆われたところが肥溜めであることも知らず、その上に座ったらしく、かますとともに沈みかけていた。わたしは美淑の手をつかんだ。かますと一緒にゆっくりと糞尿の中に沈んでいく妹を、思い切り引っ張った。助けを呼ばなくてはと思いながらも言葉が出ない。できたのは力いっぱい叫ぶことだけだった。

「あ、あー、あー！」

わたしにつかまれている左腕と頭を除いてすっかり糞尿につかっていた美淑は、驚きのあまり目を丸く見開き、口を開けたままわたしを見つめるだけで、泣き声も出せなかった。

前庭で遊んでいた子供たちがわたしの声に気づき、大人たちを呼びに行った。呼ばれて駆けつけた先生や保母たちが美淑を救い出した。美淑は地面に置かれて初めて声を出して泣いた。

「もうちょっと遅かったら、取り返しのつかないことになってたわ」

駆けつけた保母はそう言って、わたしをにらんだ。美淑が危ない目にあったのは自分のせいだと思ったわたしは、しょんぼりと立ちつくすしかなかった。

体を洗ってもらい、新しい服を着た美淑はお餅を食べた。事故に遭った後はお餅を食べて厄払いする風習があった。そうしないと長生きできないとのことだった。

もともと肥溜めには木の板の蓋がかけられていたが、古くなり傷んで折れそうになったので先日修理に出し、臨時にかますを蓋の代わりにしたということだった。そのとき、かますが新しく軽かったことと、肥溜めが満杯だったことが美淑の命を救ったと聞いた。そのときはよくわからなかったが、中学校で「浮力」を教わったときにやっとわかった。もし、傷んだ木の蓋が折れていたのなら、もっと速く沈んだかもしれないということだった。わたしには美淑が無事だったことだけが慰めで、ほかのことはどうでもよかった。その次の日から肥溜めには新しい木の蓋がかけられた。

　当時、わたしはまだ七歳だったが、ほかの子たちと違って、美淑の面倒を見る責任があり、そばを離れることができなかった。一緒に寝て一緒にご飯を食べ、トイレにも一緒に行った。わたしは美淑の面倒を見るのを当たり前だと思っていたし、先生や保母たちも同じように考えているようだった。

　美淑を特別に可愛がっていた車京玉（ツアキョンオク）という先生がいて、美淑を連れて元山の町に出て行くときは、わたしもほかの子供たちと一緒に自由に遊ぶことができた。

　車先生はわたしたちに歌や踊りを教える女の先生だった。養育院の先生や職員の中で一番きれいだと評判になっていた。うりざね顔で切れ長の目は黒い瞳が大きく、いつも笑っているような表情は自然に親しみを感じさせる。背も高く、普通はチマチョゴリのことが多く、たまに青い空色のワンピースを着ることもあったが、そのときは黒いハイヒールを履く。いつもきれいな装いで、スタイルがよく、恋多き女なのも無理がない。養育院の職員たちは、陰で車先生を「恋愛の名人」と呼んでいた。恋人を何度も変えたということで付けられたあだ名だと聞いたが、そんなことはわたしたちには関係なく、みな車先生が好きだった。美淑は養育院の中で一番小さく、人形のように可愛いので、みなから可愛がられた。中でも車先生は町に出かけるとき、よく美淑を連れて行った。ときには新しい恋人に会うときにも美淑を連れて行ったことがあると食事係の叔母さんから聞いた。

美淑がいないときに、ほかの子供たちと一緒に少し遠い山に登った。まだ咲いていない松の花は、みずみずしく甘い味がするのだが、ほかの子の真似をして松の新枝をとり、皮をむいて流れ出てくる甘い汁をなめるのも楽しかった。帰りに白く乾いた松脂をとってきて、ガムとして噛んだこともある。うまくいけばガムと同じように噛めるが、ときにはめちゃくちゃに歯にくっついてしまうこともあった。おいしくはないが、松の香りがする。ガムがないから、その代わりに噛むだけなのだ。

四季の恵み

わたしと美淑はほかの子供たちとともに養育院の花園を思う存分に楽しんだ。アカシアの季節には香る花房を手にとって歩きながら食べた。甘みに渋みが混じった独特の味だ。

裏山の栗は六月には白く長い花を垂れていたのが、八月には緑のイガを結んだ。まだ熟していない白い栗の実をそのまま食べたりした。白い皮は柔らかでむきやすく、甘さはさほどないが、みずみずしく新鮮な味がした。

七月のある日、養育院全員で松桃園（ソンドウォン）という海辺の名勝に遠足に行った。初めて見る白い砂浜。青い空に無限の青い海。日常とはまったく別世界だった。わたしたちのような小さい子供は海に足をひたす程度で、貝殻を拾って遊んだ。先生や大きい子たちが沖まで泳ぐのを見て、手をたたき歓声を上げた。

海辺で食べたお昼は格別だった。おにぎりと焼き豆腐にゆで卵と味付けをした山菜だったが、おにぎりと卵はめいめいに分けてもらい、豆腐と山菜は大きな器に盛り、十人ずつ囲んで座って食べた。卵は家ではいつも食べていたが、養育院では初めてだった。いつもと同じ食材の豆腐と山菜はまるで別物のようにおいしかった。

先生や大きい子たちは夕食のおかずにすると言って貝や魚も捕った。帰り際、美淑が「靴が片方ない」と騒いで、全員がバスから降りて探したけれど見つからなかった。

九月も末になると、裏山から「タック、タック」と大きな音がするようになった。栗のイガが弾け、実が落ちる音だ。わたしは朝早く裏山に登って栗を拾うのが大好きだった。

冬と初春は辛い季節だった。冬には外で遊ぶこともできず、食べ物も不足した。毎日の講堂の床ふきは、肌を刺すような寒さの中では辛かった。冷たい水と風で手はあかぎれになり、血がにじむ。やっとかさぶたになったと思えば、そのかさぶたが割れて新たなかさぶたを生んだ。そうしたことを繰り返すうちにかさぶたは厚くなり、指を曲げるのも難しく、無理に曲げるとまた血が滲み出る。保母たちは、自分たちがやりたくないことを孤児に押しつけ、血だらけになった手を見ながらも知らないふりをした。

夜になると、かさぶたになったところが痛み、眠れないこともあった。雪の日に外で遊んで、真っ赤になった手を母が温かい両手でもんでくれたことを思い出し、密かに涙を流した。そういう夜にはよく夢で母を見る。呼びかけても返事がなく、いつの間にか消えてしまう。母を探して野原をさまようが、母の姿はいつも霧の中に隠れてしまう。「母さん、母さん……」と呼びながら追いかけようとするが走れない。もがいているうちに目が覚める。寒さで足を折り曲げて寝ていたのだ。

幸い、美淑はまだ小さすぎて床ふきは免除された。

春になり、あかぎれもきれいに治った。春もまだ浅いころは野菜が貴重で、白菜も豆腐も少ない。塩漬けの鯖を何日も続けて食べることもあった。塩漬けの鯖はときどき中毒を起こす。顔が赤くなり、熱が出ることもある。わたしも周りの子供たちもその中毒になったことがあった。

小川の畔に育つ水芹(みずぜり)は、鯖中毒を中和する特効薬になる。炊事係のおばさんからそう教わって、わたしたちはとりたての新鮮な水芹をそのままかじった。すると知らないうちに中毒が治ってしまう。後で、芹類は解毒剤であることを知った。薬がなくても、周りの自然はいつもわたしたちを守ってくれた。

入　院

ある日、車先生が美淑を連れて町に出かけて行った。

わたしは少し体がだるく、部屋の暖かい所にうつ伏せになって寝ていた。通りかかった李保母さんがわたしを見て、額に手を載せながら、

「どこか痛いの？」

「いいえ、ただちょっとだるくて……」

と言い、起き上がった。

彼女は、医務室のお医者さんがいないときに健康管理をする保母さんだった。普段は昼間に寝ることがないので、具合でも悪いのかと思ったようだ。

当時、ちょうど伝染病がはやっていたので、保母さんは急いでわたしを病院に連れて行った。お医者さんは李保母さんと話し合っていたが、病院に残して様子を見ることにした。

こうして入院することになった。三十あまりのベッドがずらっと並んだ大きな病室だった。伝染病で入院患者が急に増えたらしく、講堂まで病室として臨時に使ってい

るようだった。看護師さんが持ってきてくれる黒くて苦い薬を飲み、一日三回、醤油がけのお粥を食べた。大きな茶碗に白いおかゆが盛ってあり、小さい茶碗にしょうゆがあって、それをスプーンでお粥にかけて食べる。二日間苦い薬と醤油がけのお粥ばかりで、病院が嫌で嫌でたまらなくなっていた。看護師さんに家へ帰りたいとダダをこねると、

「このお粥を全部食べたら、帰らせてあげるわ」

と言われた。二日間の様子で伝染病ではないと判断したようだが、わたしがお粥をろくに食べないのを見て、どうにかしようと思ったらしい。わたしは無理やりお粥を平らげた。

翌日は日曜だった。患者の家族が大勢見舞いに来ていた。わたしは窓際に座ったまま外を眺め、養育院から迎えが来ないかと待っていた。わたしが孤児だと看護師さんに聞いたのか、ひとりのおばあさんが大きなりんごを持ってきてくれたが、わたしは押し返した。すると看護師さんがやって来て、

「大丈夫だから受け取って」

と言うので受け取ったが、食べずに手に持ったまま座っていた。美淑の顔が浮かん

だ。

　夕方、やっと来た迎えの人と養育院に戻ると、だれかが美淑を呼んできた。病院から持ってきたりんごを美淑に渡すと、手にとって、誇らしそうに周りの子たちを見回してから食べ出した。養育院に入ってから初めてのりんごだった。貧しい養育院では、果物を買ってくれたことはない。養育院の自然が与える柿、さくらんぼ、栗などはあったが、りんごの木はなかった。

メーデー

　養育院に入って一年が経った。わたしと美淑は養育院の生活にすっかり慣れ、穏やかな毎日を送っていた。兄と叔父さんがいることさえ忘れるところだった。兄は山祭里愛育院に入ったと聞いたが、一度も会っていない。叔父さんは母が亡くなったことを知らせに来てから後、一度も来なかった。

　わたしと美淑は車先生が教える歌をみんなとともに仲良く歌い、踊りも一生懸命踊った。もともと子供ながらに整った顔立ちをしていた美淑はますますかわいく育ち、車先生も外出するたびに美淑を連れ出した。

五月一日は、メーデーの日である。メーデーは国際無産階級に共通の記念日だ。社会主義国の朝鮮では毎年、集会やパレードなどの記念活動が行われる。全国の労働者が休む祝日であったため、元山市内の大きな劇場で慶祝の催しが行われた。その催しに養育院からも出し物を出して参加することになった。

車先生は一緒に踊りを習っていた十五人の中からわたしと美淑、それに金順玉(キムスンオク)の三人を選び、「星三兄弟」という歌と踊りを演出することにした。この歌は、朝鮮半島に昔から伝わっている童謡でだれもが知っていて歌っていた。

おそろいで新しく作ってもらったピンクのシルクのチマチョゴリはとてもかわいらしく、細かいひだの入ったチマは、回ると膨らんで、羽を広げた蝶々のようだった。

幕が上がるとわたしたちは高く上げた腕で輪を作って空を表しながら、オルガンの曲に合わせて歌い始めた。

暮れゆく空に星三兄弟
キラキラ仲良く暮らしている

なぜか星一つ見えなくなり
残りの二星涙を流す

「キラキラ」のところは両腕を高く挙げ、手の指を大きく開き頭の上ですばやく回す。「星一つ見えなくなり」ではわたしが一歩後ろに下がって座って隠れ、「残りの二星涙を流す」のところは美淑と順玉が近寄って両手で涙をふくまねをする。歌が短いので、わたしたちは二回踊った。耳をつんざくような拍手と、アンコールを促す歓声が聞こえてきた。

「もう一回やって」

と言う車先生の指示に従って、わたしたちは舞台に戻った。

踊り終わると美淑が反対の方向へ歩き出し、再び走って戻ってきた。

「ほんとうに、かわいくてかわいくてたまらないわ」

「なんてきれいな子、連れて帰りたい」

美淑をほめる客席の声は舞台の袖まで届いた。

車先生は誇らしげに微笑みながら、わたしたちを連れてお昼を食べに行った。初めて食べる、真っ白な杉板に包まれたお弁当だった。白いご飯と焼き鯖に卵焼き、そして大根の千切りなどの漬物が盛ってあった。今まで塩漬けの鯖しか食べたことのないわたしたちに新鮮な鯖は特別な味だった。残すのがもったいなくて、お腹が一杯になっても無理して食べ切った。

次の日から、養育院にはお客さんが絶えなかった。美淑を養女にもらいたいという人たちだ。先生もあわてて、

「あの子の姉さんに聞いてみてください。わたしたちは何とも言えませんので」

と言うばかりだ。

わたしは考えることもなく「嫌です」と断った。ひとりのおばあさんが一緒に来た若い女の人に囁(ささや)いた。

「ほんとうに姉妹かしら。血のつながった姉妹がなぜあんなに違うの?」

「でも、茶色い髪と白い肌は似ているように見えるけど」

わたしと美淑の共通点は、髪の色が薄い茶色であることと色白なところだけだった。美淑の顔立ちはメリハリがあり、ぱっちりした目と茶色い髪は西洋人形を思わせた。一方、わたしは目が小さく、額が平らであった。

わたしたちが出演したメーデーの舞台は、養育院の宣伝になった。野菜を運んでくれる八百屋さんもあり、陸揚げしたばかりの魚が漁師の団体から届けられたりした。わたしたちは山積みの魚からはい出るヒトデを木の枝でひっくり返して遊んだ。

ある日、白いチマチョゴリを着たおばあさんと若い女の人が、美淑を養女にしたいとやって来た。おばあさんは優しくわたしの手を取って話しかけた。

「うちには子供がなくてね。あの子をもらったらちゃんと育てて、あなたにもいつでも会わせてあげるから。心配しないで。養育院よりはずっと幸せに暮らせるわよ。もちろん姉妹二人とも連れて行けたらもっといいけど……」

わたしはぶっきらぼうに、

「嫌です」

と答えた。美淑はわたしの後ろに隠れて、顔をそっと出してお客さんを見ては、はにかむように笑ってまた隠れた。お婆さんは、

「ほんとうにかわいいこと。早くこっちに来て、早く」

と微笑んだ。美淑を人の養女にするなんて、考えたこともなかった。本来は兄の意見を聞かなくてはならないところだが、そんなことすら思いつかなかった。相談の必

要もなかったのである。ただそれはダメだと思っただけだった。

次から次へと美淑を養女に連れて行きたいと、人が訪ねてきた。養育院を応援する人も増えて、わたしたちの生活は前より豊かになった。

しかし、このようなささやかな幸せは長くは続かなかった。

六月二十五日、朝鮮戦争が勃発した。戦争は、我々の穏やかな生活を奪い、苦難の道へ追い込んだ。

養育院の院長は子供たちを前庭に集め、戦争が始まったことを伝えた。戦争中には空襲があることを教え、注意事項を説明した。空襲のサイレンが鳴ったら防空壕に入ること。防空壕に入れない場合はその場にうつ伏せになり、親指で耳を塞ぎながら残りの四本の指で目を覆い、口を開くこと。わたしたちは繰り返し練習させられたが、美淑はへらへら笑っていて叱られることもあった。

第二章

戦争

二日間の長い旅

戦争が始まったと聞き、空襲を避ける練習をしたが、最初のうちは何も変わらなかった。しばらくすると飛行機が頭の上を飛ぶようになった。二機、三機、ときには空が真っ暗になるほどたくさん飛んだりもした。わたしたちは空を見上げ、「いち、に、さん……」とだれが先に数え切るか競争もした。途中でみな首が痛くなって止めることもあった。それほど多くの飛行機が上空を行き来し、爆撃の音が聞こえることもあった。

七月に入り、朝鮮人民軍がすばやく南を占領すると、航空優勢を頼って、アメリカ空軍は朝鮮の元山（ウォンサン）、興南（フンナム）、平壌（ピョンヤン）、清津（チョンジン）、羅津（ラジン）といった工業都市を目標に空襲を計画し、実施した。中でも元山は第一の目標だった。元山市は北朝鮮の主要な港と鉄道の枢軸であり、朝鮮最大の石油工場があった。これはアジア最大の石油精製工場の一つである。この都市の北西八キロのところには大きなオイルタンクがあり、元山港の埠頭は各種の船舶の使用に適応し、鉄道の操車場は朝鮮の三つの重要な鉄道の枢軸の一つであった。また元山の機関車工場は朝鮮で二番目に大きな鉄道車両の修理と製造の工場だった。

七月のある日、極東軍指令部は爆撃大隊を派遣し、元山の操車場と石油精製工場へレーダーによる水平爆撃を行った。水平爆撃とは、飛行機が水平等速の直線飛行中に爆弾を投下することをいう。その日は曇りで飛行機は雲の上を飛び、地上では飛行機の音は聞こえるが、機影は見えなかった。飛行機が元山の空に近づいても人々はそれがどこにいるかわからなかった。そのとき、何十機ものB－29が連続的に焼夷弾を投下し、元山市はたちまち火の海になった。工場の中で生産に携わっていた労働者たちは工場の建物から逃げ出すこともできず、火の海に呑み込まれて死んだ。火の勢いがあまりにも猛烈で、労働者たちの消火の努力もむなしく、火事は何日も続いた。少し高いところにあるわたしたちの養育院からも、港の方で燃え続ける黒い煙と赤い火が見えた。石油精製工場は一面の廃墟となった。

戦争は日に日に激しくなり、残忍な空襲は容赦なく続いた。

わたしたちの養育院にも孤児が増えた。石油工場の空襲で父母を失った幼い子供たちが八人も入ってきた。子供たちの悲しい泣き声は昼夜を問わず続いた。名前も年もわからず、保母たちが勝手に名前をつけ、年齢を決めた。新しく入ってきたのは二歳から五歳の三人の女の子と五人の男の子だと保母から聞いた。

わたしと同じ年ごろの子供の中にも、養育院に入るときに名前や年齢を決めてもらった子が何人もいると聞いた。

美淑（ミシュク）を養女にしたいと毎日のように訪れていた人々の足も遠のいた。戦時中は自分のことさえ難しいのに、わざわざ孤児の面倒を見る人なんかいないのだ。しばらく、わたしたちの生活に大きな変化はなかった。

夜学と空襲

当時、わたしは八歳で、学校に通う年齢だった。同じ年の子供たちは九月から養育院の近くの人民学校（小学校）に通うことが決まったが、わたしは昼間は美淑の面倒を見なければならないので、ほかの子供たちのように昼間の学校には通えなかった。

院長は保母たちの提案に従って、わたしを夜学に通わせることにした。夜学とは十八歳以上の読み書きができない人のために作られた夜間の学校である。国が学費を負担する、非識字者のための施策だった。
授業の前にはこんな歌を歌わされた。

読み書きできないのを悲しんで嘆くより
仕事の合間に習いましょう
お互いに助け合い
熱心に習いましょう
「か、きゃ、こ、きょ、
こ、きょ、く、きゅ」
わが文字知らぬは恥なり
これもすべてわが国の文字なり
それを習うのはあたりまえ

歌にあるように、読み書きができないことは恥だと思われていた。

先生に行けと言われたから行っただけで、どんな学校なのかも知らなかった。十五名くらいの学生がいたが、全員女性だった。結婚している人もいた。彼女たちはわたしがまだ幼いのに夜間学校に通うことに驚き、孤児であることを知ってさらに同情した。彼女らは食べ物をたくさん持ってきて、授業が始まるまでずっと何かを食べていた。さつまいも、じゃがいも、とうもろこしの煮物や、蒸した高粱（コーリャン）の房など、いろんなものをみんなで分けて食べた。家事などで晩ご飯を食べる暇もなく、夜学に持ってきて食べているのだった。養育院では食べられない珍しいものばかりで、どれもおいしかった。

しかし、八歳のわたしには、昼間は美淑の面倒を見て、夜さらに勉強することは無理だった。授業が始まるとすぐに寝てしまうのだ。先生は一度もわたしを起こさず、数日後、養育院に抗議文を出した。八歳の子供は夜間学校ではなく人民学校(小学校)に通わせるべきではないかと。養育院は政府の社会保障金で運営されているので、職員が孤児の面倒を見るのは義務である。にもかかわらず、幼いわたしに美淑の面倒を見る責任まで負わせた。学校の抗議文を見た院長は「もう夜学に行かなくてもいいよ。

空襲でほかの子供たちも学校に行けなくなったし……」と言った。

わたしは妹の面倒を見るのは、当たり前のことだと思っていたし、先生や保母さんたちも同じように思っているようだった。とはいっても、わたしが学校に通う午前中ぐらい美淑の面倒を見るのは彼らの義務だったが、それを怠けて、八歳の子供を夜学に通わせたのだ。そのときは何も知らずにいたが、大きくなって、保母や院長への憎しみがわいてきた。

爆撃が激しくなり、子供たちはそれ以上学校に通えなくなった。もともと就学前の子供を収容する養育院だったが、いつの間にか就学年齢以上の子供も入れるようになっていた。爆撃で元山市の工場がほとんど破壊されたということが伝わってきた。養育院は市の中心部からそれほど遠くない所にあったが、小高い山の上だったので、実際より離れているように感じられた。爆弾の音がはっきりと聞こえたことはあったが、近くに落とされたことは一度もなかった。

ある夕方、買い物から戻った炊事係のおばさんと子供たちや先生と保母、それにほかの子供たちも加わって大勢集まっていた。近づくと、毛布の上に血まみれになった男の子が横たわっている。炊事係のおばさんと一緒に買い物に行った子だった。爆弾がちょうど彼の横で爆発したという。うつ伏せになる暇もなく、破片が直撃したのはお腹で、出血がひどかった。その子は数日後に病院で亡くなったと聞いた。戦争で死んでいく人を見るのはそれが初めてだった。美淑もわたしのそばにいたが、その状況を見て怖くなったのか、わたしの手を引っ張った。わたしはすぐ美淑を連れてその場を離れた。

ある夜、空襲のサイレンで目が覚めた。練習してきた避難を実際に行うようなものだ。外は照明弾で真昼のように明るかった。照明弾の動きに従って木の影が地面を走り、逃げ道がよく見えない。布団から飛び出し、靴を履く間も惜しく裸足で防空壕へ入ると、ズボンも履かず飛び出した男の子が保母さんに抱かれていた。相当近い所で爆弾が爆発するらしく、防空壕の中の柱がぶるぶる振るえ、土が頭や体に落ちてきた。

全員無事に避難し、空襲警報解除のサイレンとともに部屋に戻り、布団に入った。

養育院の解散

戦争開始直後には、朝鮮人民軍がどんどん南へ進軍し、六月二十八日にはソウルを占領した。その結果、韓国軍とアメリカ軍は釜山（プサン）まで退いた。しかし、一九五〇年九月、十六ヵ国の連合国軍としてアメリカ軍が仁川（インチョン）から上陸すると、朝鮮人民軍と地方の労働党員たちは北へと後退するようになった。

人民軍がソウルを解放したと伝わってきたとき、院長や先生、子供たちまで、養育院の全員が「万歳（マンセ）」を叫んで祝った。だが、しばらくすると米軍が元山まで入って来たという噂が伝わり、院長をはじめとする先生や保母たちに不安が広がった。ある夜のうちに養育院職員は全員どこかに逃げてしまい、残ったのは宋真玉（ソンジンオク）という炊事係のおばさんだけだった。

ある日、アメリカ軍のジープが養育院の庭に入ってきた。乗っていた三人のうち、二人は鼻の高いアメリカ軍将校と兵士で、もうひとりは朝鮮語を使う国防軍(韓国軍)の兵士だった。わたしたちは好奇心から彼らの周りに集まった。アメリカ軍将校が、頭と顔にできもののある子を引っ張ってそばに寄せ、カバンの中から薬を出して塗ってやった。何の薬かわからなかったが、二日後、その子のできものはきれいに消えていた。

三人の軍人は、ジープを養育院の庭に駐車し、大きな家や花園の中を歩いて一回りして帰った。彼らは司令部の駐屯場所を物色するために来たのだった。忠清里（チュンチョンリ）養育院は景色はよかったが、司令部として使うには建物が小さすぎたようだ。また西側の家には仏像が祀られていて、使うことができなかった。つまり、住めるような場所がなかったのである。結局、建物が大きい山祭里（サンゼリ）愛育院とそのあたりの学校が彼らの駐屯場所となった。

南からアメリカ軍と国防軍が侵攻し、北朝鮮を占領するようになったとき、北朝鮮の解放時に土地を奪われたり、清算にあった人たちも一緒に入って来た。彼らは自分たちの土地や建物を奪い返し、労働党や人民政府要員を捕まえて殺害した。彼らの首を切って煉瓦の上に載せ、民衆を集めて見せしめにしたりもした。

人民軍（北朝鮮軍）が南に進軍したとき、新しい人民政府を設立し、北で行ったのと同様、土地などを貧しい人々に分配し、地主やお金持ちに対して清算を行ったということだった。清算の被害を避けるためには、逃げたり隠れたりしなければならない。あるとき、養育院の建物の所有者だった女僧が訪ねてきた。彼女はお寺の主の日本人からこのお寺を引き継いだということだった。

女僧はただひとり残っている炊事係のおばさんを呼んだ。

「養育院の責任者がだれもいないのに、今残っているお米が切れたらどうするんですか」

おばさんは前かけを握りしめ、

「そうですね、どうすればいいでしょう」

おばさんは下を向いて黙り込んだ。

「わたしたちもあの子たちを養えないから、心配しているんだけど」

「でも、院長先生が帰ってくれば……」

「いつ帰ってくるか、だれがわかっているんですか」

「……」

「子供たちには今残っているお米と干し鱈でも分けてやって、生きる道を自分で探すように言うしかないと思うんですけれど」

こうして養育院は解散となった。年長の子は自分たちの布団を縄でくくり、その上に干し鱈を縛り付けて荷造りをし、お米を布袋に入れていた。

解散だと言われても、わたしと同じ年ごろの子たちは何をどうすればいいのか、どこへ行けばよいのかわからないまま、お互いに顔を見ながら立って、彼らの荷造りの様子を眺めていた。そのとき、だれかが言った。

「あなたたちも出発の準備をしなさい。ここにはこれ以上住めないみたいだから」

わたしより小さい男の子が「どこへ行けばいいの？　僕行くとこないんだ」と言う。

「わたしたちもわからない、ただ、解散となったから、出て行くだけなんだ」

順哲（スンチョル）という十歳の男の子は、遠い親戚の叔母さんが元山の町にいて、そこに身を寄せると聞いた。わたしも一瞬叔父さんのことを思い出したが、その家がどこにあるのかもわからないし、母も兄もいない叔父さんの家に行っても仕方がないと思い、諦めた。

　わたしも布団一枚を縄でくくって荷造りして担ぎ、その上に干し鱈を乗せた。目刺しにした干し鱈をひとり当たり半ダースもらっていた。お米は持たなかった。たとえ持ち出したとしてもご飯を炊く道具もなかった。次の日から何を食べるかということは考えもつかなかった。ほかの子供たちも二人、三人と気の合う者同士が組となり、荷造りをしていた。

　炊事係の宋おばさんはおにぎりを作って、旅立つ子供たちに分けてくれた。おばさんの目には涙があふれ、子供たちはおにぎりと干し鱈を手にしたまま、泣きべそをかき、ゆっくりと別れを惜しみながら歩き出した。石油工場の火事で救助された歩けない小さい子たちは、宋おばさんがしばらく面倒を見ることになった。

美淑の手を取って門の外へ出ようとしたとき、

「一緒に付いて行ってもいい？」と声を掛けてきたのは朴吉寿（パクキルシュ）だった。そばで催正皓（チェジョンホ）と趙京哲（ゾキョンチョル）も「一緒に行きたいよ」と言いながら付いてきた。

日ごろ花園の中で一緒に隠れんぼをしたり、クローバーの白い花をつないで花冠を作って頭にのせ、「汽車ポッポー」の遊びをしていた仲間たちだった。わたしと美淑がままごとをしているところに邪魔をして、よく喧嘩もした。わたしより年下で、わたしの言うことに従うメンバーだった。たまに美淑をいじめたりして、わたしに殴られたこともある。

彼らもおにぎりと干し鱈をそれぞれ半ダースずつ持っていた。布団は持っていない。頼って付いてくる子たちを追い払うこともできず、

「じゃ、一緒に行くのはいいけど、喧嘩しちゃいけないよ」

と言って歩き出した。

機銃掃射

あてもなく道のあるところを歩いた。市内は爆撃が激しいことを知っていたので、野原へ向かうことにした。収穫の終わった広々とした畑を通り、とうもろこしの畑の端に座っておにぎりを食べた。それがお昼ご飯だった。

立ち上がって荷物をかついで歩こうとしたとき、突然、「セーッ」という音が聞こえてきた。飛ぶときに立てる音から「セッセ機」と呼ばれる戦闘機だ。野原の真ん中で身を隠す場所もなく、その場にうずくまる。セッセ機は一度高度を下げてからまた上がったかと思うと、再び降下しながら機関銃を発射してきた。畑には穂を切った後の粟の茎やとうもろこしの茎が小山を作っているのを除くと、わたしたち五人の子供しかいない。セッセ機は動いているわたしたちを目標にしたようだった。

わたしは美淑の手を取ってうずくまっていた。銃弾と薬莢（やっきょう）がわたしたちの周りで「ピュー、ピュー」と音をたてて土に刺さった。だれも動かなかったし、動けなかった。飛行機がもう一度高度を上げ、降りるとき、飛行士の顔まではっきり見えた。飛行帽とゴーグルをしていても、高い鼻ははっきりわかった。セッセ機はそれくらい低く飛

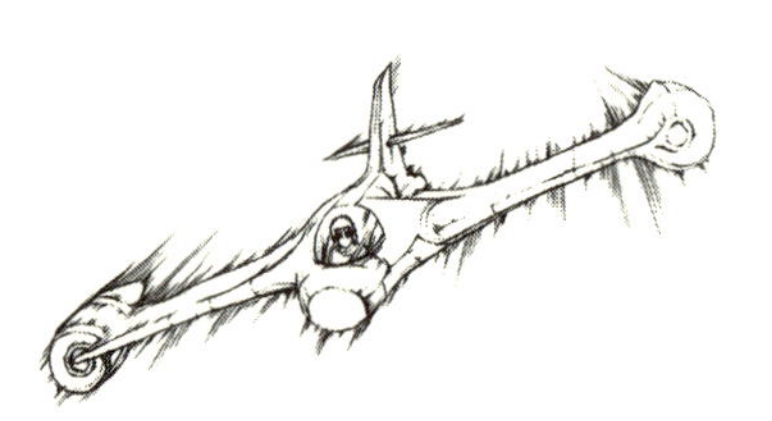

んでいた。
　戦争が始まってからいろいろな飛行機を見た。高く飛びながら大きな爆弾を落とすB－29やグラマン、十字の形をした戦闘機、銀色の燕のようなゼット機など。わたしはセッセ機が一番憎かった。あまりにも騒音がひどく、耳が割れそうだったし、直接機銃掃射をしたからだ。それに無防備のわたしたちの前に突然現れては、突然消えてしまう。
　飛行機が通り過ぎた後、わたしたちは服や荷物の土を払い落とし、あたりを見回した。負傷した子はいなかった。美淑からほんの数センチ離れた所に弾痕と薬莢があった。少しでもずれていたら、弾がわたしや美淑に当たっていたかもしれないと思うと、鳥肌が立った。

　ほかの子供たちの周りからも弾痕や空の薬莢がたくさん見つかった。わたしたちは空の薬莢をいくつか拾っておもちゃにし、再び歩き出した。わたしは、そのときのことを思い出すたびに不思議な気持ちになる。何かがわたしたちを守ってくれた気がするのだ。

　日はすでに山の後ろに隠れようとしていた。あたりは暗くなり始めている。もう進むのは無理だった。

塩辛いおにぎり

　わたしたちの前には葦の茂みが広がっていた。葦が一番密生した所を選んだ。布団一枚しかないわたしたちには敷くものが必要だった。真ん中あたりに五人が寝られるような面積に当たるところの葦を根元から折って倒した。わたしは吉寿たちに周りから乾いた草や穀物の茎などを拾ってくるように言った。彼らは周りの畑からとうもろこしや粟などの茎をたくさん拾ってきた。それを倒した葦の上に敷いた。折り倒した葦の周りの葦を押し集めて、布団をくくってきた縄で葦の先を絞り結んだ。わたしたちの背が低いので、絞り結んだところが少し歪んではいたが、テントの形ができた。夜空の星がキラキラと見え、秋風がさびしく通るテントだった。持っているのは干し鱈しかない。硬い干し鱈を石で叩きつぶして食べて寝ることにした。一枚の布団を五人が使うには、頭を外側にし、足を布団の中に交じりいれて寝るしかなかった。でこぼこの茎の上で、疲れきったわたしたちは直ぐに眠りに落ちた。

朝起きてみると、背の低く体の弱い京哲がお腹をこわしたらしく、布団の一角

が糞尿に濡れていた。そばに置いてあった干し鱈にも汚物が付いていた。彼は夜中に何回も起きて下痢をしたに違いないが、わたしたちはだれも気がつかず、寝ていたのである。わたしたちはすべての荷物を棄てた。棄てるしかなかった。昨日はわたしが布団を担いできたが、今はその汚れた布団を担いで歩く気力もなかった。汚れていない干し鱈も食べる気がせず、全部棄てて手ぶらで歩き始めた。そのときやっと、昨日寝た所は湿地だったことがわかった。あちらこちらに水たまりがあるのだ。夜中に雨でも降ったらずぶ濡れになり、旅がもっと困難になっていただろう。

しばらく行くと川に出た。深くはないが、向こう岸まではかなり距離がある。橋はなく、大きな石がほぼ同じ間隔でずらっと並んでいた。周りの人はその石を踏んで渡っていた。男の子たちは先に立って川を渡り、わたしと美淑を待っていた。石と石の間が狭いところは美淑も渡りやすかったが、少し離れている所は、わたしが後ろの石を踏んで美淑を力いっぱい引っ張らなければならなかった。向こう岸の川沿いの道は少し広かった。ふたまたに分かれていて、左は山へ入る道、右は川に沿って下る道だった。左の道を少し行くと家が三、四軒並んでいた。煙突からは煙が出ている。お昼ご飯を作っているようだ。

お腹がすいた男の子たちは、あの家に行ってご飯でももらって食べようと言い張った。美淑もお腹がすいたと言ってべそをかいている。煙の出る家に向かって歩き、その家の庭のあたりに着いたとき、わたしは足を止めた。胸がどきどきし、何と言えばいいのか、ご飯をもらえなかったらどうしようなどといろいろ考え込んでしまい、うつむいたまま動けなくなった。そのとき、前の晩下痢をした京哲が、我慢できなかったのか、その家のドアに向かって歩き始めた。ちょうど汚水を捨てようと出て来た若いおばさんが京哲と話しているのが見えた。彼はわたしたちに向かって手を振って呼んだ。

わたしたちが歩き始めると、いったん家に入ったおばさんが大きいパガジ(ひさご)に白いおにぎりをたっぷり入れて出て来た。そしてわたしたちに一つずつ分けてくれた。残りの少し小さく握ったものを美淑に余分にあげた。わたしたちはありがとうとお辞儀をし、食べ始めた。わたしも一口食べたが、塩が固まっていたのか塩辛くてもう食べられなかった。わたしはおにぎりを持ったまま、ぼんやりと立って、美淑が食べているのを見ていた。美淑は二つ食べ終わった後、わたしが持っているおにぎりを眺めた。

「もっと食べる？」

「うん」

「塩辛くないの」

美淑は首を横に振った。

わたしが食べたところだけ、塩が固まっていたようだ。三つめのおにぎりを平らげている美淑を見ているとわたしは目頭が熱くなり、自分が先に出てご飯をくださいと言えなかったことを後悔した。ほかの子がもらってきたおにぎりを食べるのも恥ずかしかった。京哲の勇ましさに感心した。次に物乞いをするときは、自分が先に出て、もらったものをみなに与えようと心の中で決めた。

男の子たちと連れ立って一緒に来たことは幸いだった。出発のときは負担に思っていたが、あの子がいなかったら、こうしておにぎりにありつくこともなかったのだ。わたしたちはおにぎりをくれたおばさんにもう一度お礼を言って歩き出した。

「早く行こう」

わたしは美淑の手を取って、ほかの子を促した。どこへ行けばいいかわからないが、そのままここにいることはできないように思えた。

山の方へ向かって歩き出したとき、おにぎりをくれたおばさんが駆け寄って来た。

「そっちは山よ。村もないし、けものが出るの」

おばさんは川の下流を指差した。

「下に行くと大きい村があるから、そこに行ってみて」

わたしたちは再びお礼を言って、道を下って行った。

昨日は上流に向かって川の左側から登ってきたが、今度は右側から戻っていくことになった。

のどが渇くと川の水を飲み、道端の草の実をとって食べたりもした。落ちた柿は絶好の食料だった。そのうち歩みがだんだん遅くなり、しょっちゅう休むようになった。美淑は「もう歩けない」とおんぶをねだる。仕方なく背負うがすぐに疲れてしまう。わたしは美淑を下ろして、「一緒に歩こう、ね」となだめるが美淑は不満顔だ。背負って、下ろしてを繰り返していたが、とうとう美淑は歩けないと言って道端に座り込んでしまった。いくら手を引っ張っても座ったまま泣いている。

「そのまま放っておいたら」

吉寿が足手まといになっているわたしたちを待ちたくないと、あからさまに嫌な顔

をする。わたしもついに、

「そうする」

と同意した。なんとしても歩かなくてはいけないと、美淑にわかってもらうしかないのだ。

わたしが前に立って歩いた。美淑は知らん顔をして座っていた。わたしたちは振り向きもしないで早足で歩いた。三十メートルほど行ったとき、

「姉さん！　姉さん！」

ついに美淑がバタバタと足を鳴らし、泣きながら追いかけてきた。今までわたしと美淑はお互いに名前を呼んでいた。家にいたころ、大人たちの真似をしてわたしの名前を呼んでいたのが習慣になっていた。ときどき炊事係のおばさんが「お姉さんと呼ぶのよ」と美淑に言うと、美淑は恥ずかしそうにわたしを見上げながら、笑うだけだった。急に呼び方を変えることもできず、わたしたちはそのまま名前を呼んでいた。心の中では「お姉さん！」と呼んでいたに違いない。

吉寿たちも振り向いた。わたしはまっしぐらに走って行って美淑の手を取った。

「あたしも歩くから、置いていかないで」

わたしも何かを言って、安心させようと思ったが、言葉が出ない。

　わたしは泣きながら美淑を背負った。どこから力がわいたのか、しばらくは美淑を背負って歩いた。孤児院が解散となり、わたしだけを頼りにしている妹をいじめた自分を恥ずかしく思い、罪滅ぼしでもするように黙々と歩いた。「美淑を守るのはわたししかいない」と改めて心の中で叫んだ。

　夕日は山の峰に顔を半分隠していた。そのとき、遠い川辺に煙が上るのが見えた。近づいて行くと、向こうが先に手をふってわたしたちを呼んだ。養育院の子供たちだった。十二、三歳の彼らは、持ってきたお米でご飯を炊いていたのだった。その中で一番年上の徐金女（ソクムニョ）が、

「このままでは駄目よ。一緒に帰りましょう。物乞いをしてでも、帰るしかないわ。盗んで食いつないでも寝る所がないと困るわよ」

　日ごろはお姉さんのようにわたしたちの面倒を見てくれている金女を眺めながら、わたしたちは笑うだけだった。彼らと一緒に養育院に戻れるのがうれしかった。これからは野宿をしないで寝床があるということだけでも大きな慰めだった。七、八歳のわたしたちには、それ以上望めるものもなかったのだ。わたしは夕べ葦の原で野宿し

た話をし、お昼のおにぎりの話もした。

「わたしたちも野宿したのよ。でも、おにぎりはもらえなかったわ、偉いわね、みんな」

と言って、朗らかに笑った。金女たちが作ったご飯を分けてもらって食べ、養育院へ戻った。着いたのは真夜中だった。宋おばさんはご飯を作ってくれた。おかずは漬物だけだったが、いつもよりおいしく食べた。みなほっとしたようで、ご飯を食べながら居眠りするものもいた。

次の日、戻って来たわたしたちが追い出されることはなかった。宋おばさんの話によると、院長たちは遠くへ逃げられず、山の洞窟に隠れていたという。養育院が解散となったことを聞いてお寺の女僧の所に行き、もうすぐ人民軍が戻ってくると言って、子供たちにもしものことがあったらただではおかないと脅かした。女僧は宋おばさんに早く子供たちを探し出すようにと催促した。わたしたちのように行くところがなく、自分で帰って来た子供たちがほとんどだった。

再び忠清里養育院へ

養育院に戻った後は、以前のような安定した生活はできなかった。そのころは時局の変化も早く、アメリカ軍が撤退するという噂も流れていた。女僧はわたしたちの帰りを喜んではいなかったものの、追い出すことはしなかった。

食料が非常に不足していた。お米がなく、豆を煮て食べることもあったが、一日三食は出たし、寝る所があった。養育院が解散されたときのように野宿したり、物乞いをせずに済んだ。一部戻ってこなかった子もいたが、ほとんどの孤児が戻ってきた。中には町で食べ物を盗もうとして捕まって殴られた者もいた。傷だらけになって帰って来た彼らに薬を塗ってあげるのも宋おばさんの役目だった。戻ってこなかった四名の孤児の生死はだれにもわからない。戦乱の中で調べることもできなかった。

兄との再会

ある日、突然兄が忠清里養育院に現れた。一年半も会っていないが、一目で兄だとわかった。以前より少し背も高くなっていて、たくましく見えた。兄は山祭里愛育院の炊事係のおばさんから、わたしたちがいる忠清里養育院が解散となったと聞き、わたしたちを探しに来たのだった。兄は山祭里愛育院に入るとき、慶冒（キョンモ）叔父さんからわたしと美淑が忠清里養育院に入ったことを知らされた。山祭里愛育院のある場所は忠清里養育院より高く、晴れた日には、忠清里養育院の庭が見下ろせたと兄から聞いた。

兄は十二歳、小学校四年生だった。妹たちが飢え死にするのではないかと心配し、自分の力で守ろうと山祭里愛育院に連れて行こうとしてやって来たのである。山祭里愛育院は忠清里養育院より大きく、食べ物の供給も良いとのことだった。キリスト教関連の団体がアメリカ軍から食料をもらってきたのだ。

そのときはアメリカ軍が元山市を占領していて、山祭里愛育院も忠清里養育院と同じように、院長や先生と保母が全員後退（アメリカ軍や韓国の国防軍による迫害を避けるため、もっと北の方へ逃げたり、山の中に隠れること）し、炊事係のおばさんが残っただけで管理者がいなかった。

母の病気が重くなった一九四九年五月、わたしと美淑は忠清里の養育院に入れられた。兄は毎日母の看病で忙しかった。上の叔父さんの姜一秀(カンイルス)は、漢方医で収入もよかったが、わたしたち三兄妹の面倒を見ようとしなかった。母が亡くなったとき、一秀叔父さんは咸鏡北道(ハムギョンプクド)の朱乙(ジュウル)にいる父の兄の泰皓(タエホ)伯父さんに連絡し、母が亡くなったことを知らせ、わたしたち三兄妹を引き取ることを要求した。当時、中国で清算された祖父と泰皓伯父さんたちは財産も土地もなく、自分たちが食べるだけでも精一杯だったので、わたしたち三人を養う力がなかった。彼らが朝鮮に来たときは、朝鮮の土地改革も終わっていた。そして、大地主だったため中国で清算されたということは朝鮮でも知られていたのである。泰皓伯父は一秀叔父さんに中国の内戦も終わりにきていると聞いているから、父が解放軍から戻ってくるまでしばらく面倒を見てくれるよう頼んだ。しかし、一秀叔父さんは叔母と末の叔父さんの姜吉茂(カンキルモ)の反対にも関わらず、兄まで孤児院に入れるようにした。

末の叔父さんは兄と仲がよく、涙ぐんで兄を孤児院に送りながら、自分が学校を卒業し、就職するようになったら、一緒に暮らそうと約束したという。

愛育院で一年過ごした兄は十二歳になっていた。山祭里愛育院では院長が替わり、南から来た牧師が院長となっていて、学生たちはキリスト教を信仰するようになり、食事の前は必ず「アーメン」と手を合わせた。しかし、牧師の院長も名ばかりで、ほとんど顔を出さなかった。韓国の孤児院は教会などがパートナーになることが多く、アメリカ軍が入って来たときに牧師たちもやって来た。

北朝鮮の解放のとき、自分の財産を清算された人たちも、それを奪い返そうとアメリカ軍に付いて入って来た。そして自分たちの事業のやり直しを企んでいた。だが、だれもアメリカ軍がそんなに早く撤退するとは夢にも思わなかったのである。

兄は炊事係のおばさんにわたしたちのことを話し、山祭里愛育院の二階の女の子たちの部屋に入れてくれた。相談できる人は炊事係のおばさんしかいなかった。兄は砂糖を袋のままどこからか持ってきて、大きな茶碗の中に入れると、どぼどぼと水を注ぎ込んだ。砂糖は溶け残り、どろどろだった。わたしと美淑は嫌になるほどどろどろの砂糖水を飲んだ。

山祭里愛育院は地下室を含めて三階建ての建物が二棟あったが、どちらも日本占領時代にドイツ人が建てた病院だった。後に愛育院の宿舎となったが、朝鮮戦争中はアメリカ軍の司令部も入っていた。山の上の建物で、広々とした海が見渡せる。海を眺めていると、軍艦の中がぱっと一瞬明るくなり、しばらくしてどこかで「クワン」という砲弾が炸裂する音が聞こえた。遠いところで余韻がいつまでも響くこともあれば、すぐそばで爆発し、耳をつんざくような爆発の音とともに建物がブルブルと揺れることもあった。

管理者のいない愛育院は無法地帯で、孤児たちは学校にも行けず、不良化しつつあった。

当時、アメリカ軍は学校を兵営として使っていた。倉庫として使われている教室には軍需品がたくさん積まれ、運動場には薬品や缶詰などの食品をたくさん積んだトラックが置かれていた。番兵が見張っていることもあったが、兄たちは彼らの目を盗んでは薬品や食品を運び出し、市場で売ったり、自分たちで消費したりもした。兄はもともと穏やかな性格で盗みなどするような者ではなかったが、すっかり変わりつつあった。

管理者のいない孤児院で、兄たちは拘束のない自由を満喫していた。兄と同じ年の孤児たちは、夜は米軍のトラックから物を盗み出し、昼間は番兵の機嫌を取って、彼らの使いで市場に行き、果物や栗などを買ってきた。番兵はほとんど韓国の国防軍だったので、言葉はみな通じた。倉庫やトラックに積まれた物資を調べておいて、夜に盗み出すのが兄たちのほんとうの狙いだった。使いをしたとき、釣り銭などを誤魔化さないで返すと、彼らは缶詰やガムなどをくれた。

ときどき、真っ赤な口紅にきらびやかな服装をした若い女性たちも、米軍の兵営に出入りしていた。

ときには彼女たちにぱったりと出会う晩もあった。孤児たちは彼女らが自分たちの盗みの行為を摘発するのを恐れて、逆に彼女たちを脅かした。「言いつけたら、ただではおかないぞ」と。彼女らも自分たちと関係のないことだと思ったのか、知らんふりをして黙っていてくれた。

盗みを繰り返していて、すべてが順調なわけでもなかった。ある夜、兄ら五人がトラックから缶詰を運び出しているところを見つかってしまった。兄とほかの二人はうまく逃げたが、残りの二人が捕まった。次の日、二人はさんざん殴られて戻ってきたが、足や腕に骨折もあった。適切な治療も受けられず、傷跡が化膿し、病院に入院したと聞いたが、それっきり戻ってこなかった。

当時、北朝鮮で清算され、南へ追い出された人たちが戻ってきて、復讐している場面も兄は市内で目撃している。残忍な殺し合いだった。兄も中国で清算されたときのことを思い出し、復讐を望んだこともあったが、できなかった。復讐の行為を目にしたとき、復讐される人たちがかわいそうに映ったからだ。

戦況の進展

一九五〇年十月、「中国人民解放軍」が「中国人民志願軍」という名義で朝鮮戦争に参戦するようになってから、時局は逆転した。中国志願軍の参戦については、後でわかったことだ。

第二次世界大戦が終わったとき、もともと日本の植民地だった朝鮮半島は北緯三十八度線を境に二つに分かれた。ソ連とアメリカが朝鮮半島に駐留し、朝鮮半島での日本軍の武装と政治経済の植民統治を解除した。ソ連とアメリカは、まず朝鮮の問題を連合国に提起し、連合国はアメリカとソ連の管轄において統一選挙を行い、両方の軍隊が朝鮮半島から撤退し、朝鮮人民自ら自分の国を管理することを決めた。しかし、アメリカはその決定を否決した。原因はその当時、金日成（キムイルソン）が抗日英雄として大多数の人民の支持を受けていたからだった。

一九四八年五月、南では大統領の選挙が行われ、李承晩（イスンマン）が大統領に当選し、一九四八年八月には大韓民国が建国。一九四八年九月には北で朝鮮民主主義人民共和国が設立され、金日成が首領となった。

しかし、大韓民国の憲法及び朝鮮民主主義人民共和国の憲法には、朝鮮半島上には一つの国しか存在しないと記しており、国家が分裂しているため、国家の統一は双方の努力目標となっていた。

一九五〇年六月二十五日の早朝、朝鮮民主主義人民共和国の首相兼人民軍最高司令官である金日成は軍隊に命令し、大韓民国に対する突然の攻撃を行った。当時、韓国の軍隊は三分の二が戦備状態に入っていなかった。三日後の二十八日にはソウルが陥落し、朝鮮人民軍はその勢いのまま、七月末には韓国軍を洛東江（ラクトンカン）一帯まで追い込んだ。

七月五日、アメリカ軍は連合国の名義で参戦した。八月六日、マッカーサー将軍は東京でほかの高級軍官たちと面会し、彼らを説得して極めて危険な仁川上陸計画を実施した。九月十五日、アメリカとイギリス両国の三百隻余りの軍艦と五百機の飛行機の援護の下、仁川上陸作戦は成功した。朝鮮人民軍の後方から襲撃し、迅速に仁川港及び近辺の島々を奪い返した。九月二十二日、釜山防衛に当たっていた連合国軍は反撃を行い、九月二十七日、仁川上陸部隊と釜山の部隊が水源（スウォン）で合流し、二十八日には、ソウルを奪い返した。

アメリカ軍は三十八度線を越えた。アメリカはもともと朝鮮人民軍を三十八度線まで押し返す計画だったが、戦時の進展が順調だったため、変化が起こったのだ。マッカーサーは共産主義を朝鮮半島から追い出すことを提案した。アメリカ大統領トルーマンはマッカーサーの提案に同意したが、その前提は、中国とソ連が参戦しない状況での朝鮮に対する攻撃であった。

アメリカ軍は三十八度線に近づき、十月一日には南の国防軍が戦闘に参加した。

中国は金日成の要求により、朝鮮戦争が勃発する前に第四野戦軍と第一野戦軍の中の朝鮮人部隊を師団単位で朝鮮側に渡した。その部隊が朝鮮人民軍の主力となった。一九五〇年五月には、金日成自ら北京を訪れ、統一戦争を行うことについての毛沢東（もうたくとう）

の賛同を求めた。ただ、戦争開始の日付は告げなかった。

朝鮮戦争勃発後、中国は七月十三日に東北国境警備軍を設立し、戦争に備えて着々と準備をしていた。八月五日、毛沢東は国境警備軍に向けて、九月には朝鮮に参戦できるように準備をするよう要求した。

アメリカ連合国軍が仁川に上陸した後、朝鮮の時局は逆転した。中国政府は放送などを通じてアメリカに警告した。もし、アメリカ軍が三十八度線を越えれば、中国は参戦すると。

九月三十日、周恩来（しゅうおんらい）は政治協商会における国家設立記念日の慶祝会で強い態度を表明した。十月三日、アメリカ軍の大規模な朝鮮への進軍を前に、周恩来はインド大使と接見し、「われわれは座って見ていられない、必ず関与する」とアメリカ政府に伝えるように言った。

中国は強硬な態度を表明したが、上層部の内部では意見が一致しなかった。大部分は参戦しないことを主張した。中国では長い間戦争が続き、今は国家建設が急務であり、この戦争に巻き込まれることは国家の発展に不利であると反対していた。十月八日、中国共産党中央政治局拡大会義で、最終的に朝鮮への参戦が決定された。中国政府が参戦を決定した直接の原因は、アメリカの飛行機による中国丹東市への爆撃であった。中国の領土が危険にさらされたのである。中国政府は、マッカーサーが朝鮮を占領してから続けて中国の領土を侵略し、共産党政権を脅かすことを懸念していた。アメリカが中国を襲撃しないとしても、中国と千キロ以上の国境線で接する国が、資本主義陣営におちいることは大きな危険であった。

十月七日、アメリカ軍が三十八度線を越えると、中国人民解放軍は東北辺境警備軍を「中国人民志願軍」として編成させ、朝鮮の国境を越えて積極的に戦争の準備にかかった。彭徳懐が中国人民志願軍の司令兼政治委員に任命された。

アメリカ大統領のトルーマンは、アメリカ軍が攻撃を開始する前にマッカーサーと面会したが、マッカーサーは中国を攻撃しないことを承諾した。このとき、マッカーサーは自信たっぷりに中国は参戦しないと言った。今は我々が強く、中国が弱い時代であると。そして彼は感謝祭の前にこの戦争を終わらせ、兵士たちを家に戻し、アメリカの伝統的な感謝祭を過ごせるようにすると言った。

彼は仁川上陸作戦の勝利で思い上がっていた。中国軍が朝鮮に入って来たという情報を聞いても、まったく信じなかった。マッカーサーが戦事に楽観的だったのには理由がある。十月十一日には、大韓民国の国防軍が元山を占領し、十月十九日にはアメリカ軍が平壌を占領した（ただアメリカ軍は、同じ日に中国人民志願軍が密かに鴨緑江を越えて朝鮮に入ったことは知らなかった）。北朝鮮政府は江界市に政府を移した。大韓民国の第六師団はすでに鴨緑江の畔の楚山郡に到達していた。アメリカの飛行機は次々に中国の領空に入り、付近の飛行場や交通線を爆撃した。勝利は目の前だった。

しかし、中国人民志願軍は、一九五〇年十月二十五日に参戦した。その日、志願軍は一時間ほどで温井を占領し、敵軍を殲滅した。この戦役から中国政府の「抗美援朝戦争」（アメリカに対抗し、朝鮮を援助する戦争）が正式に始まったのである。

アメリカ軍と国防軍は中国志願軍にそれぞれ撃退され、北朝鮮の土地から撤退するようになった。海岸沿いの戦略的な都市である元山市が中国志願軍に占領されると、朝鮮半島の東で東北地方に向かって戦っていたアメリカ軍の主力は、たちまち支援物資の供給が断たれ、敵陣の中に孤立する危機に陥った。

アメリカ軍は海と空での優勢を利用して、北朝鮮の重要都市である興南一帯に勢力を集中し、海を通じた撤収の準備を行った。同時に原子爆弾を落とすというデマを飛ばした。それは人々を恐怖に追い込み、その被害から逃れようと、アメリカ軍と国防軍の集まるのに合わせて、軍人の数を越える民間人が集まり始めた。アメリカが一九四五年八月六日と九日、広島と長崎に投下した原子爆弾の被害の惨状については、朝鮮半島の人々もよく知っていた。新聞の報道や放送だけでなく、その原爆の現場から逃げて朝鮮の故郷に戻った人々の口からも伝わっていたのだ。

その被害を避けるには南への避難しかなかった。それが「原子爆弾の嵐」という世界的に有名な住民の移動だった。米軍は自分たちが乗った船舶が興南の港を離れると、港のすべての施設を爆破し、廃墟にした。

兄たちが不良少年まっさかりの一九五〇年十月ごろ、突然大量のビラが配られるようになった。飛行機から撒かれたり、街の家の壁や広告板にも貼られていた。内容は、「中国から五十万人の支援部隊が猿部隊（デマの言葉で、根拠のないもの）まで連れて襲撃してきたが、米軍の原子爆弾により三十万人が死んだ。残りの二十万人も元山まで来たら、また原子爆弾を投下する。生き残りたければみな南へ逃げなければならない」というものだった。それを見て、北朝鮮から大勢の人が南へ避難するようになった。原子爆弾のデマは人々を恐怖に追い込み、アメリカ軍と国防軍につき従って逃げようとしていた。

元山の港は船に乗るための難民で埋め尽くされ、米軍の兵営も一つずつ減り始めた。兄が住んでいる高台の山祭里愛育院からは、元山駅から葛麻(カルマ)駅を通って鉄原(チョルウォン)へ向かう避難民の動きが蟻の行列のように見えた。難民の行列は昼も夜も続いた。

米軍が撤収し、人民軍が完全に元山市を掌握するまでの十日間は無政府状態だった。兄のような孤児たちには絶好のチャンスでもあった。当時、彼らには「死」という概念さえなかった。彼らは数名ずつ組んで空き巣に入った。半分以上の住宅は空家だった。だれの目を気にすることもなく、自由に物を持ち出した。市民は突然の原子爆弾のデマにより、軽い持ち物を持っただけで、ほとんどの家財道具はそのまま残して逃げた。ドアを閉めてはいたが、それはすぐに開けられるものだった。布団や衣類、靴、ときにはお金もあった。釜に温かいご飯を残したまま出て行った人もいた。米軍が北朝鮮を占領したのは二ヵ月くらいだったが、孤児たちは大胆になり、恐いもの知らずだった。どこで習ったのかスリの歌まで口ずさむ者もいた。

砲撃一発で、この元山の町、針の耳のように小さく、
ヘイ、ヘイ、スリにいいチャンス……

元山市が人民政府の管轄に戻ると、市内の秩序も回復し始め、町で放浪していた孤児たちについても取り締まることになった。兄たちのような孤児院の子供たちも捕まり、殴られることもたびたびあったが、自分の孤児院の名前を言うと、孤児院に確認の上、戻された。孤児院の子でなく、もともと街にいた不良者たちはどこへ連れて行かれたかわからない。

兄は盗んだお金で、チヂミなどの食べ物を買ってわたしと美淑に分けてくれた。愛育院の三度の食事だけでは足りなかった。水っぽい汁の中に浮かんでいる何枚かのぶ厚いすいとんがすべてだった。わたしと美淑は兄がくれるおやつを食べられたので、ひもじさに悩まされることはなかった。子供の中には野草や野生の実を食べ、お腹をこわし、下痢する者もいたが、医務室には医師も看護師もおらず、治療はもちろん、薬さえ与えられることなく、最後には栄養失調や赤痢などで死んでいった子も少なくなかった。

中国の志願軍の参戦と、米軍の元山からの撤退に伴って、孤児を放置したまま避難していた院長や先生たちが戻って来た。彼らはわたしと美淑をただちに忠清里養育院へ戻すようにと兄に命じた。兄は事情を説明し、一緒にいられるようにとお願いしたが、容赦なく断られた。仕方なく、兄はわたしと美淑を連れて忠清里に行ったが、忠清里養育院でも一度出て行った子を再び受け入れることはできないと断わられた。どうすることもできなくて、兄はわたしたちを連れて再び山祭里へ戻ったが、やはり中には入れてもらえなかった。兄は涙ぐみ、わたしと美淑を市場に連れて行き、お昼代わりにじゃがいものチヂミを買って食べさせてくれた。

兄は愛育院の管理責任者に忠清里養育院が解散されたときの事情を話し、わたしたち三兄妹が一緒にいられるようにしてほしいとひたすら頼み込んだ。われ先にと逃げ、どこで何を食べていたのか肥った赤ら顔の責任者は、ダメだと断固として聞く耳をもたない。戦争が起きてから孤児も増えたので、わたしたちのように元から孤児院にいた者は、手続きさえすれば一緒に暮らせるはずなのに、なぜこんなに冷たく拒むのかわからなかった。

その豚のような責任者は、寒さに震えているわたしたちを遂に受け入れてくれなかった。暖かい部屋の中で、くちゃくちゃと何かを嚙みながら椅子にもたれ、わたしたちには目もくれなかった。わたしは八歳だったが、彼のことはとことん恨んだ。兄はこぶしを握り彼を睨み、美淑は泣きべそをかきながらも、その血も涙もない男を睨みつけてそこを離れた。

そのとき、わたしはおにぎりをくれたおばさんを思い出していた。食べるものもなく、子供たちだけであてもなくさまよっていたとき、突然現れた天使のような彼女は炊きたてのご飯を見知らぬわたしたちに分けてくれたのだ。一方では、孤児の保護を職業としながら、無慈悲に孤児をいじめる男。戦争で降り注ぐたくさんの爆弾はいったいどこに落ちているんだろう。なぜこの犬畜生にも劣る男に当たらないのかと恨めしかった。もしそのとき、わたしたち三兄妹を受け入れてくれていたら、わたしたちの運命はまったく違ったものになっていたはずだ。

兄は寒さに震えている美淑を抱きしめ、涙を流しながらしばらく立っていたが、涙を拭き、「やはり忠清里へ戻るしかない」と言い、美淑を背負って歩き始めた。兄は妹を守ろうとする自分の気持ちを踏み躙(にじ)るあの男が憎くってたまらなかったが、どうすることもできない。

兄はわたしたちを連れて忠清里養育院に戻ると、わたしと美淑に大きな家の方へ入るように言い、自分は木の後ろに隠れてわたしたちが追い出されないかと様子を見ていた。

美淑とわたしが建物に入ったとき、わたしたちを山祭里へと追いやった保母と先生がいた。わたしはまた追い出されるのではないかとおどおどし、うつむいて立っていた。美淑を一番かわいがっていた車先生もその場にいた。美淑は車先生に駆け寄り、先生の胸に飛び込んで泣いた。わたしも声を殺して嗚咽（おえつ）した。日ごろから実直な車先生は、わたしと美淑が追い出されたと聞かされて、

「なんでそんなに冷たいんですか。この子たちにもしものことがあったらどうするつもりですか」

とわたしたちを追い出した二人を責めた。

保母と先生はだまって下を向いていた。車先生はわたしたちを暖かいところに座らせ、厚手の服に着替えさせてくれた。兄はわたしと美淑が追い払われずにそのまま残ったことを確認して山祭里に戻った。

第三章

美淑

火事

中国人民志願軍の参戦及びその人海戦術、それにマッカーサーの独断的な行為はアメリカ側に重大な損失を与えた。アメリカ軍は惨憺(さんたん)たる大撤退に入るしかなかった。アメリカ軍の撤退と同時に元山(ウォンサン)市内ではとてつもない量のビラがばら撒かれた。アメリカ軍が原子爆弾を投下するという内容だった。原子爆弾が投下されると、北朝鮮は蟻一匹も残らず全部死んでしまうということだった。市民は恐怖に襲われ、もっと北の方へ避難しようとする人々と南へ逃げる人に分かれた。米軍の爆撃と砲撃は再び元山を火の海にしてしまった。元山の石油精製工場も爆撃を重ねられ、赤い火と黒い煙が空高く立ち上っていた。

忠清里(チュンチョンリ)養育院の全員が南へ避難することになった。先生の指示に従って、避難するときの荷物を小さくするため、布団は全部解いて中の綿を取り出すことになった。綿は大きい庭の西側にある建物の南端の部屋に積み上げた。その部屋の仏像は隣の部屋に移されていた。布団は白い綿布を裏とし、その上に綿を丁寧に広げ、その上に表となる花模様の布を敷いて、針で周りを縫い合わせた後、綿がかたまらないように針で何列も縫い止めたもので、解くのも簡単ではなかった。まず、縫いとめた糸をすべて引っ張って外し、裏布と表布を綿から外さなければならない。そして裏と表の布だけ縫い合わせたものを畳んで荷造りする。

一日中準備を続けても終わらず、荷造りは夜まで続いた。翌日は必ず出発しなければならないとのことだった。綿を積んでおいた部屋は天井からドアの近くまでぎっしりと綿で詰まり、ドアの回りも綿だらけになっていた。やっと終わって部屋を出るとき、年長の今玉(クムオク)が「靴がない」と騒ぎはじめ、部屋の中をよく探そうと火のついた紙を手にして入って来た。空襲の標的にならないようにと電気もつけない生活のときだ。しかし、今玉は紙が燃え尽きるまでに靴を見つけられなかった。火はついに今玉の手にまで到達し、熱さに驚いた今玉は火のついた紙を落としてしまった。

あっという間だった。床に散らばっていた綿に火がつき、炎が天井まで上がった。紙でできていた天井もすぐに火の海となった。

その場にいた子供たちは突然の火事に驚き、次の瞬間、「火事だ！　火事！」と叫んでいた。

あちらこちらから先生と保母が走って来てその場を見ると、バケツや洗面器などで水を運んだ。すでに天井まで燃え上がっていて、まさに焼け石に水だった。屋根は瓦ぶきだったが内部はすべて木造で、煽るような秋の風に家全体がただちに炎に包まれた。もう手の施しようがない。運んできたバケツの水を火にかけるのではなく、西側の建物と周りの木や大きい家の南の角にかけていた。火がほかのところに移らないようにしたのである。

西側の二つの家の仏像を供養している女僧は、仏像を祀った隣の部屋に炎が移る前にかろうじて一部の仏像を運び出した。女僧は残りの仏像も運び出そうと燃え盛る部屋に飛び込もうとしたが、そばにいた人たちに止められた。座り込み、地を叩きながら慟哭していた女僧は、突然何かにつかれたように立ち上がり、「だれだ！　火を付けたのは」と叫びながら、狂ったように子供たちを見回した。今玉を助けて靴を探していた京子が「今玉が火を落とした」と呟いた。朴先生は周りの子供たちの顔を確認しながら今玉を捜したが、その姿が見えない。そのとき、しくしく泣きながら大きな家の方から歩いてくる今玉を見つけた朴先生は、「今玉、どこに行っていたんだ」と今玉の手を取った。その途端、女僧の手が伸び、今玉の髪をつかみ、地面に倒そうとした。朴先生はすばやく女僧の手を外し、今玉を庇って自分の後ろに回した。今玉は大きな声で泣き、女僧も再び地を叩きながら、「アイゴ！　アイゴ！」と葬式のときの独特の泣き声を上げた。

家は一晩中燃え、夜明けにやっと炎が収まった。柱や棟木のような太い木が炭化し、倒れていた。瓦も焼けて白くなっている。西側の建物は煤けて黒ずんでいた。急いで朝食をとり、綿の解かれた布団と衣類を詰めた簡単な荷物を下げて、先生について養育院を出た。ポプラ並木の坂を下りるとき、元山市内の燃えている工場や廃墟となった住宅街がはっきり見えた。

わたしたち八人を受け持ったのは女の朴先生だった。わたしたちはただ後について黙々と歩いた。バス停に着くと、元山港や元山駅から大勢の人が戻って来るところだった。

荷物を肩に担いだ男たち、頭に荷物を載せ、子供を背負った女たち、腕に荷物を抱えた学生、リヤカーを引く老人、老若男女が簡単な荷物とともに移動しようとしていた。

若い女の人が話しかけた。

「朴先生も南に行くんですか」

「養育院全体で行くことになったので、しかたないんです」

「無理ですよ。わたしたち大人だってどうなるかわからないのに、こんなに大勢の子供を連れてたらまったく無理ですよ。帰った方がいいんじゃないですか。わたしもあきらめて帰るところなんです」

彼女の強い反対に朴先生はしばらくわたしたち八人の顔を無言のまま眺めてから、大きく溜息をつき、

「帰りましょう」

と言った。

帰ってきたとき、昨夜火事を起こした今玉の姿は見えなかった。先生の話では、今玉は遠い親戚のおばさんの家に泊まることになったということだった。

養育院に戻った後の食生活は格段に落ちた。米はなく、大麦と豆を煮て食べる日が

多くなった。ある日、買い出しに行った若い職員が爆撃にあい、病院に行く途中でこと切れたという。病院までたどり着いても、爆撃で崩壊寸前の病院では、負傷者が多すぎてまともな治療は受けられなくなっていた。

空襲が激しくなるにつれ、孤児も増えていった。石油精製工場が爆弾攻撃を受けたとき、炎の中から救助されたという四歳未満の子供がまた五人も入ってきた。昼も夜も泣き続ける子供たちをなぐさめてお粥を食べさせるのもわたしたちの役割だった。爆弾は養育院の花園にも落ちた。木が根こそぎ抜け、醜い大きな穴だけが残った。養育院ももはや安全ではなかった。爆撃はますますひどくなっていった。

一九五〇年十一月末から一九五一年の五月にかけて、中国志願軍とアメリカ軍の間には三十八度線一帯を巡って、六回にわたる熾烈な戦闘が行われた。アメリカ軍は航空優勢を利用して、中国志願軍の物資供給を遮断するため、昼も夜もなく猛烈な空襲を実施した。

養育院の中にもたびたび爆弾が落ち、その破片に花の木が切られ、宙ぶらりになっていた。

北朝鮮のすべての都市と同じく、元山市の市民も田舎の方へ避難することになった。

避　難

冬が近づいたころ、養育院の孤児は全員、深い山の中にあるお寺に避難した。そのお寺は忠清里養育院の西側にある家で仏像を祀っていた女僧たちが集まっているところだった。保母と先生、そして五歳以下の幼い子供をのぞく四十数人の孤児が一つの大きな部屋にぎっしりと隙間なく横たわって寝た。元山市の大空襲の後に入って来た孤児の中には、疥癬（かいせん）にかかった子供もいた。隔離できる部屋がないので同じ部屋で寝ていたが、いつの間にか半数以上の子供が疥癬にかかっていた。しかたなく、部屋の真ん中に白墨で線を引き、疥癬にかかっていない子とかかっている子を分けることにした。

大きな部屋はオンドルだった。火を入れる焚き口の方は暖かく、反対側は寒かった。オンドルの内部構造から、火を入れるところは低く、煙突に近い煙の出る方は少し高かったので、火を入れるところを下目と呼び、煙突に近い方を上目と呼んだ。疥癬にかかっていない美淑（ミシュク）は下目に寝て、わたしは疥癬にかかっていたので、上目の方で寝た。疥癬は暖かくなると患部が痒くなり、掻いたりすると感染しやすいので、そういう措置を取るのだと保母から聞いた。

何日も降り続いた雪は山を白銀の世界へと変えた。しらじらと明るくなり始めたころ、ドアが「ピーイーク」と開き、子犬が飛び込んできた。寝ているわたしたちの布団の上を濡れた足で走り回っている。寝ぼけている子供たちは、ぼんやりと見ているだけだった。子犬が下目に向かって走り出したとき、美淑を守ろうとわたしはあわてて立ち上がった。美淑は近づいてくる犬を見て驚き、わたしに駆け寄ろうとしたが、子犬の方が一足早く美淑に飛びつき、左手首を噛んだ。わたしは美淑の手をしっかりつかみ、先生のいる部屋に走った。先生は美淑の手首を強く握って血を流した。犬や蛇に噛まれたり、釘がささったりした場合は、その部分の血を出さなければならないと先生が言った。そして、薬を塗ってくれた。幸い傷は深くなかった。

子犬は狂っていたとみんなが騒いだ。大きい男の子たちが犬を殺して、その毛を燃やし、美淑の手首を煙にかざしてくれた。そうしないと狂犬病にかかるとのことだった。

狂犬病は潜伏期間が長く、いつ発病するかわからない。普通は七十日から八十日で、長い場合は十八年後に発病するときもあるという。

その子犬はお寺の女僧が飼っていたものだった。一連の騒動を聞いて、

「あの犬は狂ってませんよ。降り続く雪のせいで餌をあまりあげられなかったせいでしょう」

と言った。

お寺は深い山の中に三軒しかない寂しい建物だった。忠清里養育院の西側の小川を遡っていくと、優しいおじいさんの桃の果樹園があり、また登ると将軍のお墓がある。山の頂の近くまで登ると、三軒の建物があるお寺に着く。ここは養育院の仏像を供養していた女僧たちの本部でもあった。日本占領時代は、日本人のお寺だったが、朝鮮民主主義人民共和国が建国したとき、すべての施設は国家所有となり、運営は女僧たちに任された。アメリカ軍の占領時に女僧たちはその建物が再び自分たちの所有となったと思っていたようだが、人民軍と養育院の院長たちが戻ってきた後、やはり国家所有として養育院の管轄に戻った。

人民政府が決めた避難先では、だれも受け入れを断ることはできない。

戦時中、こんなに大勢の孤児に一日三食を十分に与えることは無理だった。飢え死にする者が出なかったのは奇跡だった。

後から入って来た子供たちは泣き止むことを知らなかった。昼間はわたしと同じ年ごろの女の子たちが面倒を見て、夜は保母がつき添った。わたしが面倒を見ていた子供の中には、二歳の「泣き虫」と呼ばれる女の子と「じいちゃん」という男の子がいた。「泣き虫」は昼夜を問わず泣いて、お粥もあまり食べなかった。「じいちゃん」は涙もなく、ただ「エー、エー」と老人のように太い声で泣き、わたしたちを笑わせた。二人ともいつのまにか姿を消した。栄養失調で死んだか、ほかの孤児院に移ったか、だれにもわからなかった。

一九五一年の冬、その年はほんとうに雪がたくさん降った。山の中なので、ドアを開けると曲がりくねった白い山と青い空の境の線がくっきりと見えるだけである。寒さが続いていたある日、お寺の最高位の女僧が亡くなった。彼女は念仏ばかり唱えていたが、病気になると、孤児たちがお寺に入り、仏様の周りを汚したから自分は罰を受けているのだと言って、早くわたしたちを追い出すようにと位の低い女僧に指示したそうだ。彼女は最期に手足が冷たくなり、周りの女僧が絶え間なくお湯につけてもんでいた。医務室の先生から聞いたが、女僧は心臓病だったそうだ。

　それでも春は静かに再び訪れた。お寺の周りの山にはジンダルレ（唐紫躑躅（からむらさきつつじ））の花が満開になった。わたしたちはジンダルレの花を摘むため、山に登った。わたしは美淑の手をしっかりと握って、高くないところで花を手折りながら遊んだ。花房が固まっているものだけ探してたくさん摘んできた。この花も食べられると年上の女の子たちから聞いて、とりたての花を口の中に入れて噛んでみた。渋みもあるがみずみずしさが気持ちよかった。もち米の粉に混ぜてジンダルレのもちを作ることもできると彼女らは教えてくれたが、食べてみたことはない。

　山から摘んできたジンダルレを先生にあげると、先生は花瓶に生けながら、あまり深い山には行かないようにと注意した。深い山には怪物がいるとのことだった。怪物はジンダルレをたくさん手折って隠れていて、子供が近づくと突然飛び出してつかまえ、さらに山奥に入り、肝を取って食べるという。それを聞いてからわたしは二度と美淑を連れて山に入らなくなった。

　忠清里養育院から留守番をしているおじさんが山に登ってきた。お米やおかずにする野菜などを運んでくるついでに、空襲も少し収まったから戻ってくるようにと伝えてくれた。

春は養育院の花園にも訪れていた。桜も連翹(れんぎょう)も相変わらずの美しさだ。生垣のアカシアはたくさんの花房を垂れて穏やかな香りを放っている。

美淑との別れ

寺から戻った。また一年経って、わたしは九歳、美淑は六歳になった。美淑はお寺で子犬に嚙まれてから、一歩もわたしのそばを離れようとしなかった。わたしも離れたくなかったが、ほかの子供たちとも遊びたかった。ひも（長いゴムのひも）跳びをするとき、美淑は自分が飛べないので、ひもを引っ張って邪魔をした。ちょっと遠い野原に遊びに行くとき、わたしは必ず誘われたので美淑も連れて行ったが、途中から、「歩けない。おんぶ」とねだられる。そのたびにわたしはおんぶしてあげなければならない。そして、ほかの子供たちとの歩みが合わない。

ほかの子供たちと遊ぶため美淑をだますこともあった。外で遊んで戻ると、美淑は小さい両手でわたしを叩きながら、泣いたりした。わたしは大げさに痛がっているふりをし、

「二度とひとりで行かないから。泣かないで。これ見て、がじいちご(野いちご)。いっぱいとってきたでしょ」

と言って美淑の機嫌をとった。

美淑はすぐに涙をふき、がじいちごを食べながら笑った。わたしが美淑を残して遊びに行くと、美淑は先生に告げ口し、先生が美淑を連れて遊びに行ったり、なだめて寝かしたりした。わたしは先生が面倒を見てくれていることを知っていたので、心おきなく遊ぶことができた。

初夏のある日、わたしは美淑を連れて、花園の囲碁席の近くで木蓮（もくれん）の花を拾いながら遊んでいた。わたしより三つくらい年上の男の子二人が走って来て、車（ツア）先生が探していると伝えてくれた。わたしは美淑を連れて家の方へ歩いた。池の石島の上にある、曲がっている松の木を過ぎたあたりの石の腰掛けに、車先生と見知らぬ女の人が二人座っていた。わたしたちが歩いてくるのを見て、車先生は立ち上がり、手招きをして呼んだ。女の人たちも立ち上がった。おばあさんは真っ白なチマチョゴリで、若い叔母さんは緑のチョゴリに白いチマ。ひと目でいい生地であるのがわかった。戦争になって初めて見るきれいなかっこうだった。心の中で彼女たちはお金持ちに違いないと思った。

車先生が言った。

「このおばあさんとおばさんは子供がいないので、美淑を養女にしたいと思っているんだけど、どう思う？」

意外だった。戦争が始まってから、美淑を養女にしたいという人はひとりも現れていない。空襲と避難、食糧不足で自分の身を守ることさえ難しいのに、孤児を育てようとする人はいないのだ。空襲が少し収まったときもあったが、戦争がどちらへ向かってどのように進展するかはだれも予測できなかった。新しく入って来た子供の中には、木の幹にくくられていた子も少なくなかった。避難の途中で赤ん坊を道に捨てると獣に襲われたり、人に踏まれたりするかもしれない。そうした心配から、木の幹を人の背中に見立てて布団を巻き、赤ん坊をおぶわせておいたのだ。捨てながらも赤ん坊が生きて救助されることを願う親の最後の配慮だったかもしれない。もしかすると、親が死んで、そばで泣いている子供を連れて行くことができず、だれかが木の幹におぶわせたかもしれない。通りかかる人や人民軍と志願軍に見つけられた子供たちは朝鮮政府に渡され、孤児院や臨時の収容所に預けられたのだった。

おばあさんは優しく微笑み、若いおばさんは明るく笑いながら美淑を眺めていた。わたしは何も言わずに美淑を見ていた。美淑はくりっとした目を大きく開き、わたしを見上げた。

戦争の前だったらとっくに「嫌です」と言っていたかもしれないが、そのとき、わたしは美淑がどう考えているか知りたかった。以前はわたしの後ろに隠れて、かわいらしい仕草を見せていたのに、その日は、わたしの顔色をうかがって答えを待っているように見えた。

わたしは美淑がその家に行けば、食べる心配もなく、優しいおばあさんと明るい若いおばさんにかわいがられ、幸せに生活できると思った。孤児院の生活よりはずっといいだろう。孤児院が解散になっていたときのことを思うと、孤児院もほんとうに頼れるところでもない。わたしは美淑におばあさんについて行きたいと言ってほしかった。しかし、美淑は何も言わず、どうしたいかもはっきり表さなかった。澄み切った瞳でわたしを見つめて、わたしの決断を待っているようだった。

わたしもなにも聞かなかった。今だったら、「あのおばあさんの家に行きたいの?」と尋ねたかもしれない。兄に意見を聞かなければならないことも思いつかなかった。車先生もまだ九歳のわたしに答えを催促するだけだった。彼女はわたしが「兄に聞かなければならない」と言い出すのを恐れていたかもしれない。

見つめ合って、相手の顔色をうかがっているわたしたち姉妹をいらいらと見ていた車先生はこう言った。

「おばあさんの家は元山市内から少し離れた所にあるから爆撃は届かないのよ。お金持ちでとてもいい生活をしているから、心配することは全然ないわ」

わたしはうつむきかげんに美淑を見つめていた。おばあさんが口を開いた。

「この子がうちに来てもあなたたち姉妹はいつでも会えるんだから心配しないで。ほんとうは二人とも連れて行ければいいんだけど……」

わたしと美淑はまだ見つめ合っていた。車先生は、わたしが嫌だと言わないことをいいことにお客さんとひそひそ話をして、わたしたちを見ながら立ち上がった。

「たぶん、連れて行っても大丈夫だと思うんです」

そう車先生が言うと、美淑の手を取っておばあさんに渡した。おばあさんはわたしをちらっと見て、美淑を引き寄せた。美淑は一瞬わたしを見たが抵抗しなかった。わたしは美淑が行きたがっていると感じた。胸が騒ぎ混乱した。連れて行かれた方が美淑のためにはいいだろうと心の中ではわかっていながら、不安をどうすることもできずにいた。所在なげに上着のすそをもてあそびながら、わたしはぼんやり立っていた。

おばあさんに左手を、若いおばさんに右の手を取られ、美淑は歩き始めた。何歩か行くと立ち止まり、振り向いてわたしを見た。わたしは美淑が「嫌だ、あたし行かない、姉さんと一緒にいる！」と叫びながら走ってくるのを期待して、迎える姿勢で一歩前に出た。だが、美淑はにっこりと笑っただけで背中を向け、二人の手にぶらさがるようにして歩き出した。わたしには美淑が嫌なのに引っ張られて行くように見えたが、そう思いたかっただけかもしれない。ぼんやりと三人の後ろ姿を眺めていたが、連翹の花の咲き乱れる細い道の末に姿が消えようとしたとき、わたしは突然、「嫌です！　嫌です！」と大きな声を出して泣き出した。堪えていたものが堰を切ったようにあふれ出た。そばに立っていた車先生は、近くにいた二人の男の子に、

「速く走っていって探して来なさい、遠くへ行く前に！」

とあわてて声をかけた。この二人はわたしと美淑を呼びに来た二人だった。彼らはお客さんが美淑を養女にもらうために来たことを知っていて、好奇心のせいか、池のあたりで遊んでいて一部始終を見ていた。わたしが泣き出したとき、車先生に呼ばれる前に彼らは車先生のところに近づいていた。そして、目配せで先生の意向がすぐわかったようだ。

わたしは狂ったように泣いて、先生とあの二人の男の子たちの間に交わされた目配せが見えなかった。車先生は優しくわたしの手をとって、石の腰掛けに座らせて、一緒に美淑が連れ戻されるのを待っていた。しばらくすると、ふたりの男の子が息切れしたようにあえぎながら戻って来た。

「どうしたの？　美淑は？」

と聞きながら車先生が立ち上がった。

「どこに行ったか見えないんです。遠くまで探してみたんですけど」

わたしは再び激しく泣き出した。

先生はわたしの横に座った。

「美淑に会いたいときは、いつでも訪ねて行けるようにしてあげるから。ね、わたしを信じて。裕福なお家で大切に育ててくれるんだから心配は何もないのよ。ここは比べものにならないぐらいよくしてもらえるんだから」

車先生はわたしと手をつないで花園を歩きながら、美淑がその家でどんなに手厚く面倒を見てもらえ、将来的にどういう暮らしができるかという話を聞かせてくれた。そのときはまだ幼く、未来など想像できなかったせいか、先生の言葉の意味があまりわからなかったのか、言われたことを全然覚えていない。

海軍住宅

美淑が養女に行って、わたしが泣き暴れた話が養育院内に広がり、車先生が勝手に美淑を知り合いの人にやったという噂も流れた。車先生は院長先生に呼ばれ、叱られたとほかの保母さんから聞いた。しかし、戦争中には珍しく孤児を養女にしたことが美談となり、だれも追及はしなかった。

　いつもわたしの周りにいた美淑が急にいなくなると、手ぶらで何かを失くしたようで、気が揉める。ときどき美淑を探したりもする。美淑が養女に行ったことを思い出し、寂しくぼんやり立っていることもあった。ある日、いつも水芹をとっていた小川のほとりにひとりで立っていると、炊事係の宋おばさんがそばに来て、「また、美淑のことを想っているの？」と話しかけてきた。美淑のことにふれられると、わたしはまた涙が出てきて、しくしく泣き出した。おばさんは、

「良い家にもらわれたから大丈夫よ、旦那さんが海軍将校で、海軍住宅に住んでいると聞いたけど」

「あの、海軍住宅は遠いんですか」

「遠くはないけど、山を降りて左に曲がると海軍住宅が並んでいるの」

　と言ってから、ハッと思いついたように、

「まさか、自分で行くつもりではないでしょうね」

と言った。わたしはただ、「いいえ」と答えてその場を離れた。

胸がどきどきした。会いたかった。どんなところでどうしているのか知りたかった。お昼を食べてからわたしは山を降りた。二年前に叔父さんと三人で登って来たポプラ並木の道をひとりで妹に会うために降りて行く。大きい道路まで降りると、向こう側に二年前に降りたバス停が見えた。

左に曲がると、細い道があり、両側に住宅が並んでいる。静かで通る人も少ない。右側から荷物を下げた叔母さんが歩いてくる。「こちらに海軍住宅があると聞いたんですけど、どちらでしょうか」と聞いた。「わたしはよそから来たものでよくわからないの」と言って、さっさと行ってしまった。まず、だれかに聞かなければならないが、だれもいない。わたしは住宅街を回り始めた。

一番端の家に人がいたので、近寄ってみると、おばあさんが買い物から帰って来たところらしく、ドアのカギを開けようとしていた。近づいて「こちらが海軍の住宅ですか」と尋ねた。おばあさんは「道路の右側がそうだけど、だれか探している？」と聞いた。そこでやっと自分があの家の名前も知らなかったことに気づいた。わたしは自分の妹が養女としてもらわれた家を探していると言った。その家の名前も知らないと言うと、おばあさんは美淑の年を聞いた。「六歳です」と言い、「額が少し前に出っ張っていて、色白で、丸い目をして西洋人形のような顔をしているんです」と答えた。

「そういえば、そのような子を見たような気がするけど、どの家かはわからないの。海軍の住宅だと向こう側だから行ってみて」

と言われた。

わたしは道路を渡り、十軒くらいの家の周りをまわりながら待っていたが、通りかかる人には会えなかった。もう夕方になって、みな家に帰るときだと思い、もしかすると家に帰って来る美淑とばったり会えるのでは、と思いながら道路のわきに立って待っていた。しかし、美淑の姿は見えない。何人か道を通る人たちに美淑の顔かたちを言いながら聞いてみたが、だれも知らないという。

そのうちに周りが暗くなってきた。早く帰らなければいけないと思いながらも、もしかすると今帰ってくるのではとなおも待った。周りはすっかり暗くなっている。昼間は道がわかるようだったが、暗くなると方向がまったくわからなくなってしまった。昼間に歩いてきた道が全然わからない。とにかく住宅街から離れて山に登る道を探さなければならない。少し歩いてこれが帰る道だと思ったが、違うようで反対の方へと歩いた。ところが、また元の所へ出てしまった。お腹もすいているし、暗い道には歩く人もいない。怖くなって歩けなかった。一軒の家のそばにうずくまってしくしく泣き始めた。宋おばさんに詳しく聞いてから出ればよかったと後悔したが、もう遅い。怖くて声も出せず泣きながら、ここで夜が明けるのを待つしかないと思った。

道端から石を一つ拾って壁の所へ置き、その上に座って夜が明けるのを待つことにした。しばらくしてうとうとと眠くなって壁に身を寄せて寝ようとしたとき、どこかで「美子(ミザ)！　美子！」と呼ぶ声が聞こえた（当時、私の名前は美子だった）。車先生の声だった。とっさに涙があふれた。わたしは立ち上がって大きな声で泣き出した。「先生！　先生！」と叫びながら声の方へと走り出したが、道路わきの石につまずいて倒れた。車先生と宋おばさんが近寄って来た。

「なんて馬鹿なことをするんだ？」

車先生の怒った声だった。

「わたしが悪かったのよ、妹が海軍住宅に住んでいる人にもらわれたと言ったのが……」

宋おばさんが言った。夕方、食事のときにわたしがいないことに気づいた宋おばさんは、車先生にもしかすると海軍住宅の方に行ったかもしれないと、自分が午前中に海軍住宅の話をしたことを告げた。二人はもしかするとと思って、ここまで来たのだ。

わたしは何も言えず、しくしく泣き続けた。車先生は、「なぜ聞きもしないで、勝手に探したりするの？　今、海軍住宅の家族はみな田舎に避難しているの。三日前のことよ。戻ってきたら知らせるから、勝手に行ったりはしないで。わかったよね？」

がっかりしたわたしはうつむいて、宋おばさんに手をつながれ養育院に戻った。そのとき、美淑を連れて行った家の姓が催（チェ）であることを知った。

三十八度線一帯で、アメリカ軍と中国志願軍との戦闘はますます激しくなっていった。志願軍の補給を切断するため、アメリカは航空優勢を利用して無差別な空襲を行った。さらに大勢の人々が命を奪われ、生き残った者は難民となり、北へと避難するようになった。原子爆弾の嵐で、南に避難した人々も騙（だま）されたことが分って、自分の家の方へ戻り始めた。南への避難ができず、元山あたりで留まっていた人々も北へ移動するようになった。

忠清里養育院もいつの間にか臨時避難所となり、南からの避難民を受け入れるようになった。家族連れもあり、孤児たちも移動してきた。もとからいる忠清里養育院の先生や子供たちは、西側の仏像を供養していた建物に移り、仏像は山の中のお寺に移された。ひとりで使っていた布団を三、四人で使わなければならなかった。大きな家は避難民の泊まる場所となった。難民が一度に何十人も泊まるときがあり、部屋の中はもちろん、講堂までぎっしりと詰まっていた。難民は二、三日泊まってまた北へ移動した。

疲れきった難民はトイレの番を待てず、大きな家の周りのいたるところに大小便をした。木槿（むくげ）の花のある石段まで汚されていた。花園も汚くなり、後ろの栗山の木も栗をとる難民によって、めちゃくちゃに折れていた。難民が離れるたびにわたしたちは大きい家の掃除をし、次の難民を迎える準備をしなければならなかった。

美淑が養育院を離れてから間もなく、忠清里養育院の八歳以上の孤児は全員長徳愛（ジャントク）育院に移った。新しく入って来た幼い子供が増えたからだ。車先生は長徳愛育院に移ることになったわたしを呼び寄せ、いつでも美淑と会えるようにしてくれることを約束した。

わたしは「あのおばあさんたちとは知り合いですか」と聞いた。

車先生は、美淑が養女に行ったのは、すべて自分が仕組んだことだったと率直に話してくれた。若いおばさんは車先生の中学の同級生で、海軍の将校と結婚しているが、子供に恵まれず、前にも何回か来たことがあったが、戦争が起こってしまった。養子をもらうことを一時はあきらめたものの、被害をそれほど受けなかったため、再び訪ねてきたとのことだった。車先生は美淑を連れて彼女の家に行ったこともあるし、美淑と三人で街に遊びに行ったこともあったと話した。あの日、美淑が何も言わずに初対面の人に手を取られて歩いて行くのが少しひっかかったが、すべて前もって仕組まれていたとは思いもよらなかった。わたしが美淑を残してほかの子供たちと遊んだりしたことで隙を作ってしまったのだ。わたしは自分がときどき美淑を残して、ほかの子たちと遊びに行ったことを後悔した。

美淑がその家に行きたがっていることはどうしようもなかった。わたしは美淑があのおばあさんの家で幸せに育つことを祈るしかない。美淑のためだと思うと、車先生を恨む気持ちは起きなかった。逆に、車先生の知り合いの家に行ったことで、いつでも会えるということが慰めになった。

一九五一年の七月、美淑が養女に行ったばかりのとき、すでに勝利の見込みがないと認識したアメリカ軍と中国志願軍は、休戦の協議を始めた。しかし、その協議は二年という長い歳月を費やした。

もしその時点で休戦となっていたら、車先生の言ったようにわたしは美淑と会うこともできただろうし、美淑と連絡が取れ、三兄妹が手をつないで中国にいる父のところへ戻ったに違いない。そのとき、父はすでに解放軍から地方に戻っていたのだから。

長徳愛育院、そして山祭里愛育院へ

長徳愛育院に移ったのは秋だった。九月からわたしと同じ年ごろの子供はみな人民学校（小学校）の一年生になった。長徳愛育院に移ったとき、再び空襲が激しくなってきて、町にある愛育院の建物には住めなくなった。わたしたちは街から離れた田舎に避難し、五人ずつに分かれて農家に寄宿するようになった。

寄宿先の子供たちと一緒に田舎の学校に通った。一年生には三千里鉛筆一本とノート一冊が配給された。三千里鉛筆の芯を包む木材は塗料も塗られていない生の木で、芯もよく折れて使いにくいものだったが、唯一の国産の鉛筆として有名だった。ノートは黄色い紙を切ってとじたものだった。教科書はなく、先生が黒板に書いたものをノートに写した。国語はノートの左側から、算数は右側から書く。カバンはなかったが、必要もなかった。鉛筆をノートの真ん中にはさみ、くるくる巻いて手に持てば終わりだった。

学校は午前中に終わった。宿題もなく、午後は少し離れたところの山に登ったり、柿の畑で落ちた柿を拾ったりしてひたすら遊んだ。長徳は丘陵地帯で、柿の木が丘全体を覆っていた。着いたときは柿の収穫が終わり、落ちた柿と未熟の柿が木に残っていたが、渋柿だった。寄宿先の子供たちが、柿は取ったままでは食べられないと教えてくれた。そして粟の甕の中に埋めておいた柿を出して一緒に食べた。甘くておいしかった。自分たちも落ちた柿を拾って甕の中にたっぷり入れておいたが、柿が甘くなる前にその村を離れることになった。

朝鮮戦争に関する報道がヨーロッパ各地に広がり、社会主義体制のルーマニア、ハンガリー、チェコなどの国が朝鮮の戦争孤児を百名ずつ受け入れ、育てることになったのだ。孤児の中からルーマニアなどに送る子供を選ぶということで、わたしたちは長徳愛育院に戻された。

長徳愛育院の孤児全員が健康診断を受けることになった。皮膚に傷跡などがあってもだめだと言われた。健診は問診だけで、先生たちの判断で選ばれたのは、百二十人の中の六人だけだった。わたしもその中のひとりだった。わたしたちは元山市内で一番大きい孤児院に集められた。それがちょうど兄がいる山祭里愛育院だった。元山市の各愛育院から九、十歳の子供が三十人も集まってきた。

山祭里愛育院はそれほど遠くないため、わたしたちは歩いて行った。着いたときはお昼の時間だったので、わたしたちは食堂で食事をとった。山祭里愛育院の子供たちは窓や門の外側からわたしたちを覗きながらガヤガヤと話し合ったり、笑ったりしていた。食事が終わって外に出たとき、突然、後ろからだれかに腕をつかまれた。びっくりして振り向くと、兄がニッコリと笑って立っていた。驚きと喜び、それに美淑のことが頭に浮かんできて、思わず泣き出した。兄はわたしが大勢の中から選ばれてきたことを喜んでくれた。

「よく来た、泣くことないよ、うれしいんだ」

「美淑は？」

と聞かれたわたしはうつむいたまま涙声で、

「人の家にやったの」

と言った。兄はしばらく無言でいたが、

「良かった」

と言って涙を拭いた。わたしは泣きながら美淑と別れるときのことを細かく説明し、忠清里養育院の車先生を訪ねると、美淑に会えるようにしてもらえると伝えた。

そして、わたしが宋おばさんの話を聞いて海軍住宅に行ってきたことも話した。兄は、

「よくしてくれる家庭に行ったら、孤児院にいるよりいいだろう。きっとその家で大事に育ててもらえると思うんだ」

と言いながら、わたしの手をとって歩き出した。兄はわたしを連れて街の方へ下っていった。爆弾が雨のように降り注いだ元山の街はほとんど廃墟となったが、廃墟の中でも街は人ごみでにぎわっていた。空襲が少し静かになると、市場には食べ物を中心とする商いが盛んに行われていた。その場で焼いて売っているチヂミやあずきのお粥などがずらっと並んでいた。兄がじゃがいものチヂミを買ったので、その場でフーフー吹きながら食べた。

次の日、兄は急に海軍住宅の話を持ち出した。

「今ごろは田舎から戻ってきているかもしれない。海軍住宅に行ってみよう。美淑に会えるかもしれない。あの住宅街はよく知っている。人民軍が後退したとき、あの町にも入ったことがある。空き巣荒らしをしたこともあるし……」

と恥ずかしそうに言って、わたしの手を引いて歩き出した。

空襲も少し静かになったと見え、あちこちに人の姿が現れた。

兄とわたしは細い道の右側の方へ曲がった。ちょうど真ん中あたりで何人かが荷物を運んでいるのが見えた。わたしたちは近づいて、兄が「この海軍住宅に催将校が住んでいると聞いていますが、どの家でしょうか」と尋ねると、背の低いおじいさんに

「催将校とは知り合いなのか」と聞かれた。

「妹がその家の養女になったと聞いています」

兄はわたしから聞いたことを話した。

おじいさんは周りの人々の顔をちらっとうかがって、静かに口を開いた。「催将校は戦死した。残りの家族は奥さんの実家の田舎に引っ越したんだ。養女も一緒に連れて行ったと聞いとる」

周りがシーンとなり、みな口をつぐんだまま、兄とわたしを眺めている。兄も少しためらって何も言わずに黙っていた。しばらくして兄は、引っ越した田舎の住所を尋ねてみたが、みな知らないと言った。もしかしたら知っていて教えてくれなかったのかも知れない。夫を亡くしたばかりの奥さんから、大事にしている養女まで奪い取るようなことは、避けたいと思う気持ちが働いたのかも知れないのだ。兄とわたしはそのまま愛育院に戻るしかなかった。

兄は「また、いつかきっと会えるよ」と言いながらも手の甲で涙をふいた。わたしもあふれる涙をどうすることもできなかった。

空からも海からも降り注ぐおびただしい爆弾と砲弾によって火の海となり、廃墟となりながらも、元山市の人々は強く生き残って戦った。休戦になったとき、元山市は「不屈の都市」という名誉ある名を与えられたと聞いた。

十日ぐらい経って、わたしたち九歳グループのルーマニアへの留学の予定が取り消され、代わりに兄と同じ年ごろの十二、三歳の子供たちが送られることになった。わたしたちのような九歳前後の子供が、労働力として使える十八歳になるまでには八、九年かかる。外国で長く生活すると自国のことを忘れてしまうというのが理由だった。

五、六年後、ヨーロッパ帰りの女の子たちがパーマをかけ、色鮮やかなワンピース姿で、飢餓に耐えながら昼夜を問わず復旧のために働く北朝鮮の人々の前に現れたと聞いた。当時、北朝鮮では結婚前の娘にはパーマをかける習慣がなかった。彼女たちは世間から嫉妬混じりの軽蔑した目で見られ、彼女たちもヨーロッパでの気楽な生活になじんでいたため、祖国の貧しい生活に適応できず、辛い思いをしたという。それを聞いたとき、わたしはヨーロッパに行けなかったことを幸いに思った。

休戦協議が順調に行われている間はお互いの攻撃が少し緩むが、協議が破れると再び戦闘が激しくなる。

十月に入り、戦争は再び激しくなった。中国の志願軍の物資補充を遮断するため、移動する志願軍やその陣地へのアメリカ軍の爆撃がさらに頻繁になった。元山は再び爆撃と砲撃の標的となった。昼間は空から飛行機が飛んできて爆弾を落とし、海からは軍艦が昼夜を問わず砲弾を飛ばしてきた。

食糧難がより深刻になると、ソ連から五万トンの小麦粉が届いた。一日三食すいとんだった。水っぽい汁に浮かぶ分厚いすいとんは生煮えで、生の小麦粉のにおいがする。お腹がすくのでしかたなく口にするが、それさえ満足には食べられなかった。栄養の足りない状況で、赤痢になって死んでいく子も多かった。ヨーロッパ留学に行くといって集められた子供の中で、十人以上が死んだと兄から聞いた。

兄たちは相変わらず市内に出入りして盗みを働いていた。わたしはときどき兄が持ってきてくれる食べ物で飢えをしのいだ。

元は病院だった三階建ての山祭里愛育院には、日本占領時から赤十字が描かれていたが、空襲を避ける効き目はなく、建物の半分が崩壊した。

第四章

難民

北への長い行軍

戦争はますます熾烈になっていった。難民も増え、戦争孤児も増えた。特に三十八度線付近の江原道(カンウォンド)の麟蹄(リンゼ)郡と襄陽(ヤンヤン)郡一帯から大勢の難民と孤児たちが北の方へ避難するようになった。この一帯はアメリカ軍と中国志願軍の間で想像を絶する熾烈な戦闘が行われていて、爆弾と砲弾が雨のように降り注ぐところだった。中央指揮部は南から避難してくる難民と孤児たちの安全を確保するため、江原道の元山(ウォンサン)一帯の孤児院の孤児たちを北へ移送させるように命令を下した。

山祭里(サンゼリ)愛育院の孤児も全員北へ移動することになった。山祭里愛育院では二、三十人を一つのグループにし、「分隊」と呼んでいた。わたしたちの分隊は二十三名で、わたしは兄と同じ分隊に入ることになった。荷物を引くための牛車など一台もなかった。

責任者を「分隊長」と呼んだ。彼は軍服は着ていなかったが、軍隊から派遣されていた。それに男の先生ひとりと保母ひとりが加わった。この三人はリュックサックの中に簡単な救急用の薬品などを入れて背負っていた。わたしたちは普段着のままだったが、兄は市内の空き家で持ち出した革靴を提げていた。

朝食後すぐに出発したが、目的地がどこで、どのくらい歩くのかなどは教えられず、ただ北に向かうことだけ知らされたわたしたちは、空襲を避けるため、分散して歩いた。大きな集団だと爆撃の的になるからだ。保母さんはわたしと同じ年ごろの九名を連れて歩いた。兄は自分と同じ年の子供たちと前の方を歩いた。

お昼ごろ、飛行機が頭の上に現れた。戦闘機だった。わたしたちは道路の両側の低いところに隠れて地面に腹ばいになった。近くで「クァン」という耳をつんざくような音がし、土や砂利が体にぱらぱら落ちてきて、砂埃が上がった。わたしは動かずにそのままうつむいていた。あたりが静かになったとき、頭をそっと上げて見た。みな土まみれになり、こそこそと立ち上がっている。負傷者はいないようだ。燃えている家があちこちに見え、いくつかの家では自宅についた火を必死に消そうとしていた。道路に近いわら葺きの家には火を消す人が見えなかったが、子供の泣き声が聞こえてきた。兄たちが近づいてみると、倒れている母親のそばで二歳くらいの女の子が母親の袖を引っ張りながらひたすら泣いている。分隊長はその子を抱き上げ、先生と保母に相談して、今晩泊まる村に連れて行くことにした。今、一生懸命に火を消している人たちに任せるのも難しいと判断したらしい。その夜、泊まった村の責任者にその子を渡した。

その日はお昼も食べないまま、夕方やっとそれほど大きくない村に着いた。村の責任者はわたしたちを温かく迎えてくれた。分隊長は国が発給した特別証明書を持っていて優待された。わたしたちは三つの家に分かれて泊まることになった。わたしと同じ年の九名は一つの家に入り、白菜のスープと漬物で粟(あわ)のご飯を勢い込んで食べた。

翌日、お米と粟の入った細長い袋が配られた。大きい子は大きいのを、小さい子には小さい袋だ。夕方たどり着く所は米の栽培が少なく、食糧が足りないようだった。昼食のおにぎりを持って出発したが、その日も午前中は爆撃で林の中に隠れたり、水溜まりに落ちたりした。持っている米袋が木の枝に引っかかり、破れた口から米がこぼれたり、小川の水に濡れることもあった。

たどり着いた村は空襲で家々が焼け崩れ、老人と女子供がやっと生き延びている状況だった。村の責任者は、初めは困惑していたが、わたしたちが自前の食糧を持っているとわかると、早速、何軒かの家に泊まれるよう手配してくれた。わたしたち九名を受け入れることになった家はあまりの貧しさに子供たちの服もろくにないほどだった。わたしたちは持ってきたお米を袋のまま差し出した。その家の三人の子供と一緒にご飯を食べたが、わたしと同じ歳の一番上の子は、お米のご飯を最後に食べたのがいつだったか覚えていないと言った。日ごろはとうもろこしや大根、野菜や干し菜で腹ごしらえをするという。

二日間の強行軍でわたしたちの足は水疱（すいほう）だらけになった。保母さんは、わたしたちの足をお湯で洗い、髪の毛を抜いて針の穴に通し、水膨れを縫うように針を通した後、髪の毛はそのまま残して寝るようにと言った。翌朝起きると、水膨れの水が嘘のようになくなり、皮が肉に付いているのには驚いた。

空襲は激しさを増した。ある日、セッセ機の掃射に、わたしと一緒にルーマニアに行くといって長徳（ジャントク）から山祭里に来た女の子の英玉（ヨンオク）が負傷した。銃弾がふくらはぎを貫通したのである。骨には届かなかったが、大量出血し、歩けなくなった。手当てをする先生は、傷口を見せまいとしてわたしたちに先に歩くよう指示した。負傷した英玉は先生と保母さんが交代で背負って歩いたが、それほど遠くまでは進めなかった。結局、分隊長は早めに寄宿する村を探すことにした。班長たちが近くに見つけてきた大きな村に行くことになった。瓦の家が特徴的な村だった。小さい村の場合は、班長と先生、保母と大きい子たちがいい家に入り、わたしたちはいつも貧しいわら葺きの家があてがわれた。もちろん、出てくる食事も違った。彼らには油で炒めた野菜や鱈のスープが出るときもあったが、わたしたちはたいてい干し菜や白菜のスープに漬物だった。それでも不満に思ったことはなかった。

この日はわたしたちも瓦の家に泊まり、白いご飯と干し鱈のスープに焼き豆腐を食べた。英玉は保母さんと一緒に泊まった。

次の日、わたしたちが村を離れるとき、負傷した英玉は残るしかなかった。彼女は涙ぐみながらわたしたちを見送った。村の細胞委員長（労働党組織の最小構成単位の責任者）が責任を持って傷を治療し、北の方へ移動させるということだった。

激化する空襲から戦争が熾烈になってきたことがうかがわれた。飛行機が頻繁に出没するので、昼間は空襲を恐れて歩くことさえできなかった。指導部から先を急ぐようにという指示が下りた。ついにわたしたちは昼間寝て、夜歩くことになった。三人ずつ組み、お互いに離れないように手をつなぎ、話し合いながら歩いたが、夜がふけると眠くて歩けなかった。月と星の光だけが頼りで、それも曇った日には漆黒の闇の中を歩かなければならない。空襲を避けるため、道沿いの家でも黒い布で窓を覆い、光が漏れないようにしていたので、石につまずいて倒れたり、目の前にある窪みが見えなくて転ぶこともあった。

三人で肩を組み、真ん中にいる子が寝てしまったときには両側の二人が支えて歩いた。そのうちにみな眠り込んでしまい、三人とも道端に倒れることもあった。後ろから保母さんが道端で寝ている子供を起こして、再び歩かせた。前は先発隊が、後ろには収容隊がいて管理しながら進んだ。わたしたちは鉄道に沿って歩いていた。速く進むにはやむを得ない選択だったが、空襲の目標になりやすかった。

こうした無理な夜の行軍には、大人も耐えられなかった。分隊長は先生と保母に相談して、平坦な鉄道沿いの道を放棄し、山道を選んだ。進みは遅くなったが、安全で、さほど険しくない道を昼間だけ歩けばよくなった。高い山もなく、平べったい山と山の間の道だった。いつの間にか分隊長は先生とも孤児たちとも親しくなり、ふざけたり、冗談を言うようになった。兄のような少し年上の男の子たちは分隊長と一緒に歩きながら、瓦の家が多く、裕福そうに見える村が現れると、まだ日が高くても泊めてもらいましょうよと提案し、分隊長も「しょうがないな」ということでそれに従った。

　こうして受け入れてもらった村は確かに豊かだった。戦時中にもかかわらず白いご飯に鱈のほか、炒め物やおいしい漬物も食卓に並んだ。貧しい村で半ば強引に受け入れてもらい、互いに心苦しく思うより、豊かな村に滞在できるのならそれに越したことはなかった。こうしたことがわかってからは、歩き疲れてもひもじい思いをすることはなくなった。どこへ行っても手厚くもてなされた。

　分隊長は国からの特別証明書を持っていて、行く先々で見せるだけでわたしたちは食事にありつき、泊まることができた。分隊長はもはやわたしたちにお米などの食糧を持たせないことにした。手ぶらで歩くことだけに集中させ、食事のときになると村でご馳走してもらった。季節が変わり、寒くなるとみな疲れやすくなり、村で休憩させてもらうこともしばしばだった。足は麻痺し、歩みが遅くなり、わたしは毎日みんなから遅れるようになった。扁平足なので人より疲れやすかったし、水膨れもほかの人より多くできた。


　ある日、瓦の家並が美しい村に入った。瓦の家が多いというのは、村が豊かである証拠だった。瓦屋根の家を見たのは何日も前だ。空は曇っていて今にも雪が降り出しそうだった。疲れきった子供たちは「ここで何日か休んで行きたい」とだだをこねたが、分隊長は絶対に駄目だと言う。ここで二日休んだら、十日以上休まないとみなが歩けなくなるということだった。そのとき、わたしたちは文句を言ったが、端川(タンチョン)に着いたとき、分隊長の言葉の意味がわかった。

翌日もどんよりした重苦しい天気だった。しばらくわたしは兄と歩いていた。わたしがあまりにも遅れてしまうので、保母が兄に任せてしまったからだ。間もなく雪が降り始めた。地面に落ちて解けたり、積もったりして、道がどろどろしている。わたしは兄の手にぶら下がるようにして歩いた。歩けないところは兄に背負ってもらった。兄は少し歩いては疲れてわたしを降ろした。地面に戻るたびに、足は寒さで硬くなり、ますます歩くのが嫌になった。わたしは足が痛いと言って泣き、兄はいらだって、強引にわたしを引っ張って前に進もうとした。

天気はますます悪くなっていった。みぞれは雪よりも雨よりもたちが悪く、靴も服もずぶ濡れになって、寒さが身にこたえた。山沿いの道を歩いていた兄とわたしは途中で見つけた洞窟に身を寄せ、みぞれを避けようとした。しばらく様子を見守ってい

た兄が、

「ここにいたら凍え死んでしまう。早く行こう」

と言ってわたしの手を取った。立ち上がろうとしたが、足が動かない。それを見て、わざとやっているのだと兄は勘違いしてどなった。

「もう知らないぞ！　僕はひとりで行くから、お前はここにいればいい」

わたしを置いて出ていこうとする兄の背中を見ていたら怖くなり、足をばたばたと踏み鳴らして泣き出した。

「兄さん、兄さん！」

必死で呼ぶと、兄が戻って来た。その瞬間、忠清里(チュンチョンリ)養育院が解散となったとき、美淑を残して歩き始めたときのことが脳裏をよぎった。わたしは兄の手にすがって歩きながら、涙とみぞれで顔を濡らしながら泣き続けた。兄も目を赤くして泣いていた。涙をぬぐいながら、わたしの手をしっかり取って、黙々と歩いた。

兄の歩みはわたしにとってほとんど走るようだった。体が温まり歩きやすくなると、ふと、美淑が養女に行ったのは良かったのではないかと思った。もし今美淑が一緒だったらどうなっていたのか。厳しい環境でろくに歩けないわたしたちは、兄にとって相当な負担だったに違いない。もしかしたら、名も知らぬ村にわたしと美淑を残して行ったかもしれない。わたしはいつも妹のことを思い出し、彼女が今はどんな状況にあるのだろうと想像して心配していた。

兄とわたしはみんなから遠く離れ、お昼のときにも合流できず、何も食べられなかった。雪はやんだが道はみぞれでどろどろだった。少し離れた場所に何軒かの家が並び、その端っこに小さい店があった。自家製のお菓子や飴などを並べて売っている。兄はその店を見つけると、わたしの手を引いて行った。ぶら下げていた革靴を店の主人の前に置き、何かを交渉しているようだった。革靴は新品で質のいいものに見えた。仲間には、叔父さんが持ってきてくれたと言っていたが、ほんとうは元山の空き家から盗んできたようだった。苦しい行軍中も捨てずに、靴のひもをつないで、肩から前と後ろに垂らして歩いていた。

交渉は失敗したようだった。「そんな値段じゃ売れないよ」と兄が言って店の主人に背中を向けたとき、

「わかった、わかったよ。その金額でいいから置いて行きな」

と店主は言った。店の裏に女の人と薪を運んでいる男の子が見えた。親子のようだ

った。きっとあの子に履かせるのだろう。

兄はもらったお金の一部でお菓子と飴玉を買ってくれた。そのおかげで少し元気になった。日が暮れる前にみんなに追いつかなければ、というあせりから、自然と歩みが早くなった。

　わたしたちがみんなの宿泊する村に着いたときは、すでに晩ご飯を済ませ、寝る間際だった。兄とわたしは残してくれていたご飯にありついた。わたしが同じ年の子供たちの所に合流した後、班長は兄を呼び、わたしをこの村に置いて行こうと提案した。わたしのせいで全体の進行が遅れがちになるからだ。兄は言った。

「そんなことはできません。わたしが引っ張って行きますから心配しないでください。下の妹はすでに養女に出して、ただひとり残った妹なんです。どうしても置いて行けと言うのなら、僕も一緒に残ります」

「そんなことは許されないよ。男の子は全員連れて行かなければならない。これは指導部からの指示だ」

　分隊長は強い口調で反対すると、手振りで兄に早く床に入るように示した。

　次の日、兄からそのことを聞いたわたしは、二度と足が痛いと口にすることなく、兄について進んだ。そのうちわたしと同じように歩けない子が増えてきた。兄は大きい子たちと前を歩き、わたしは遅れた子たちと一緒に保母について歩いた。

一ヵ月ぐらいは歩いただろうか。鉄道から離れた山道を進んだため、空襲もほとんどなく、行軍は穏やかに進んでいた。

道が細いので一列になって進んでいたときだった。先を行く大きい子供のひとりがわたしたちのところに駆け寄ってきた。前に危ない所があるので、離れないで一緒に歩くようにとのことだった。そして保母と小声で何か話し、彼もわたしたちと一緒に歩き始めた。しばらく行くと兄がわたしたちを待っていた。わたしは兄の手を取った。緩慢な峠を越えて、次の峠の麓に着いたあたりに小川が流れていて、人民軍の制服を着た青年が目をつぶって横たわっているのが見えた。右の足を上にして左右の足を交差させ、下半身がねじれていた。左手の近くにハンカチに包まれた電球があった。小川の窪みは血で染まっていた。額の傷から出たものらしい。道が細いため、わたしたちはどうしてもそのわきを通らなければならなかった。兄はわたしにこう言った。

「恐がらないでよく見るんだ。そうしないと悪夢にうなされるそうだ」

わたしは兄の手をぎゅっとつかみ、もう一度しっかりと倒れている青年を見てから走り出した。

　南の特殊部隊のメンバーが人民軍の連絡兵を殺害したようだと、ひそひそと話す声が聞こえた。これから向かう谷間にも何人か倒れているらしかった。だれも人民軍の死体を処置しようとはしなかった。

　平時と違い、わたしたちは死体をあまりにもたくさん見すぎていた。

咸州愛育院

　やっと咸州（ハムジュ）愛育院に到着した。咸州に到着したときはもう冬だった。到着した日は雪が降り、非常に寒かった。すでに夕食が用意されている。食堂のドアを開けて入ると、外からの冷たい風と部屋の温気が混ざり、部屋の中がぼんやりと何も見えなくなった。しばらくして水蒸気が消えてから食卓についた。生まれて初めて食べる赤い高粱とお米の混ぜご飯だった。普通、朝鮮では高粱を食べないが、もち米のように粘りがあるものは、珍しい雑穀としてときどき食べる。そのときは、戦時でお米が足りないので、いろいろな雑穀を入れてご飯を作った。その高粱は中国から届いたものだった。

食べているときはよかったが、間もなくお腹が痛くなり吐いた。高粱のご飯を作った経験のない炊事係のおばさんが、お米と高粱を一緒に煮込んだという。お米は煮えていたが、高粱がまだ生煮えなのに、焦げ始めたから火を消したらしい。ほんとうは先に高粱を煮込んで、その後、お米を入れなければならなかったのだ。生煮えのご飯が原因だとお医者さんは言ったが、ほんとうかどうかはわからなかった。高粱は量がそれほどなかったので、その後の食事はお米と粟が主食だった。

咸州愛育院は戦争が始まってから臨時に整備された孤児院だったため、わら葺きの家が数軒あるだけのみすぼらしい施設だった。収容されていたのは主に南から避難して来た孤児で、村の小学校に通うことになっていたが、みな寒いと言って、あまり学校には行かなかった。

　咸州愛育院に着いたとき、わたしは夏のスカートをはいていた。元山を離れてから洗濯をしたこともないし、お風呂に入ったこともない。食べて寝て、飢え死にしないような程度だった。ほかの子も寒さに震えていたが冬服は与えられなかった。保母たちは暖かそうな厚手の服を着ていた。

　孤児院では靴も靴下も与えられなかった。その代わり、用意されたわらでぞうりを作って履き、綿から糸を紡いで靴下を編んで履いた。行軍のときに履いていたゴム靴にはとっくに穴が開いていたので、兄はわたしの足にぴったり合うぞうりを作ってくれた。

　村の人々は糸車を回して糸を紡いでいたが、糸車のないわたしたちは「燭台（しょくだい）」と呼ばれる糸紡ぎの道具を作った。割れた瓦の塊を石で丸く整えて円盤を作り、真ん中に穴を開ける。穴にぴったり合うような木の枝の端に円盤を差し込む。円盤から遠い方の枝の末端に糸をかける斜めの溝を作り、でき上がった独楽（こま）のような燭台で糸を紡ぐ。

　右の手にふわふわに解かれた綿花を持ち、それにつないだ糸を高く持ち上げながら、ぶら下げた木の枝を左手で回すと、瓦の円盤が慣性により回り続ける。左手の指で右手の綿を少しずつ引っ張ると、綿花がねじられて糸となる。糸が長くなったとき、その糸を円盤に近いところに巻いておき、再び前の動作を繰り返しながら糸を紡ぐ。糸が円盤の直径を越えてはみ出すようになると、それを糸球にしておき、燭台を空っぽにして新しく糸を紡ぐ。

わたしは兄が作ってくれた燭台で糸を紡いだ。学校から帰ると、ずっと糸を紡いでいた。ほかの子もわたしが学校に行くとき寒がっているのを見て、一緒に糸を紡いでくれた。綿は保母が用意してくれた。兄は三本の糸を一本によって靴下を編んでくれた。兄がどこで習ったのかわからないが、けっこう上手だった。わ

たしは兄の手作りのぞうりと靴下をはき、学校に通った。

　自分でも信じられないくらい、学校に通うことには執着があった。わたしは国語も算数も教わったものは、忘れることなくよく覚え、いつも先生に褒められた。それが学校に通う楽しみだったのかもしれない。わたしたちの部屋で、寒い冬に通学するのはわたしだけだった。夏物の薄い上着とスカート姿のわたしを先生はいつも暖炉のそばに座らせてくれた。

　元山の長徳にいたときと同じように三千里鉛筆とノートを手にして通った。やはり教科書はなく、先生が黒板に書いたものを写した。教室と言ってもやっといく筋かの光が当たるだけの防空壕みたいな所だ。机と椅子は丸太を半分に切って、平らな面を上にして地面に固定したものだった。二十人くらい入れる教室だったが、いつも半分以上あいていた。孤児院の保母は子供たちに学校に行くことを強要はしなかった。

　戦争が長引くにつれ孤児もますます増えてきた。ソ連やヨーロッパの社会主義国からは慰問団がやってきた。贈り物が送られてくることもあった。百二十名いる孤児院でも二、三十個しか割り当てがなかったので、全員に一箱ずつ行き渡ることはなかった。

正月が間近に迫ったころ、贈り物が届いた。ヨーロッパの子供がクリスマスプレゼントとして送ってくれたようだ。中には包装されたお菓子、キャンディ、ハンカチが入っていた。わたしたちがプレゼントの段ボール箱を胸に抱えて写真を撮られたあと、その箱は取り上げられた。正月に配るということだった。そのときに撮られた写真はヨーロッパの新聞に載せられたそうだ。

正月になった(一九五二年)。孤児院でも朝食に白いご飯と肉のスープが出た。食事が終わって、みんなヨーロッパからのプレゼントが配られるのを待っていた。部屋に集まり、自分の家ではどんなお正月料理を食べたかという思い出話をした。おもちや蒸しもちが懐かしかった。黄粉をまぶした方がおいしいとか、小豆のさらしあんが一番だなど、自分の家の自慢話でにぎやかだった。ヨーロッパからのプレゼントは夕方になっても配られなかった。みな失望したまま寝床に入ろうとしたとき、わたしたちの部屋で一番年長の吉順(キルスン)が布団をくるくる巻いて部屋の隅に置き、「母が亡くなったとき、こうして横になって」と言うなり、

「母さん、母さん！」と号泣し始めた。

吉順の一家四人は興南(フンナム)市の郊外に住んでいた。父親は片腕がなかったため、軍隊に入れなかった。吉順の家に爆弾が落ちた日、父親は負傷者を運ぶ臨時担架隊として駆り出されていた。吉順は友だちの家に遊びに行っており、お母さんと六歳の弟が家にいた。吉順が知らせを聞き、家に戻ると、母親は白い布団に巻かれたまま、隣の家の部屋に安置されていた。爆撃で家全体が崩れ、母親の死体はなんとか探し出したものの、弟は死体さえ見つからなかった。父親の行方もわからぬまま、翌日、村の人たちが母親の死体を埋葬し、吉順は孤児院に連れて来られた。

母親の遺体を前にして、吉順は最期の顔を見たいと泣いて暴れたが、村の人たちは最後まで見せなかった。母親の顔は損傷が激しく、腕も足も完全ではなかったらしい。吉順がおぼえている母の最期の姿は、くるくる巻かれた白い布団だった。

その日、お正月の自慢を一番していたのも吉順だった。正月が近づくと、吉順の母親は村で一番忙しかった。料理上手で、いつもよその家に呼ばれていたという。吉順の家では母親が手伝いに行った先からもらってきたものだけで十分足りて、特別にお正月の用意をする必要はなかった。

号泣する吉順を見て、ほかの子も泣きだした。空襲で亡くした家族を思い出したのだろう。たちまち部屋が泣き声の海になった。わたしも母がお正月に飴を煮詰めてお菓子を作っていたときのことが頭に浮かび涙が出た。そのとき、わたしは眼の病気にかかっていて、目が赤くなり、目を開けにくくなっていた。ただでさえ目が赤く腫れていたのに、泣いた後はまぶたが開かなくなってしまった。日曜日や学校に行かないときには、みなで自分の家の話や食べ物の話などをした。わたしもそのたびに母のことを思い出し、泣いたりもした。幸い兄がいて、兄に甘えることが慰めだった。

わたしたちの部屋から漏れる慟哭を聞いて保母が走ってきた。

「どうしたの？　こんなに急にみんなで泣き出して」

わたしたちの担当の保母金順女は、布団の上に泣き崩れている吉順を起こそうとしたが、吉順は保母の腰に抱きついて、「お母さん、お母さん！」とさらに大きな声で泣いた。別の保母と院長までやって来た。みんなを部屋から引っ張り出しながら、「泣きやまないと部屋に入れませんよ！」と怒鳴りつけた。寒い夜の凍るような空気に気持ちがさめてきたのか、みな泣きやみ、部屋に入った。次の日、ひとりずつ呼ばれ、前の晩のことを聞かれた。わたしは「泣いていません。目が痛かったので寝ていました」

と嘘をついた。何かの騒ぎがあるたびに、後で調べられる。必ずだれかがその騒ぎの犠牲となり、処罰を受けることが多いのだ。わたしはこの慟哭事件に巻き込まれたくなかった。

プレゼントのことが発端だとだれかが話したようだ。次の日の午後、お菓子二個とキャンディ二つが配られたが、まだ半分以上残っているという噂だった。残りは院長たちが食べてしまったのかもしれない。ハンカチは孤児全員に配っても残るような数があったにもかかわらず、学校に通ってよく勉強する優等生だけに配ると言われた。わたしがもらったのは、白いパターンにピンクの花模様がプリントされた大きな木綿のハンカチだった。わたしは使わず、兄にあげたが、兄も大事にとっていた。

初めて食べたヨーロッパのお菓子とキャンディは恍惚の味だった。お菓子は舌でちょっとなめてみようと歯にはさんだとき、さらっと溶けるように口の中に広がって崩れていった。慌てて口の中に放り込み、手に残った粉をなめた。次のお菓子は粉が落ちないようにまるごと口の中に入れた。キャンディは甘ずっぱいさくらんぼの味がする。その香りがすぐに消えないよう、ゆっくりと口の中でなめた。

お正月が過ぎ、孤児たちもひとつ年をとった。同室だった大きな子たちは孤児院を離れ、社会に出た。孤児院は十三歳未満の子が対象で、それ以上になると工場や作業所で大人たちと一緒に働くのだ。しかしほかの部屋には十三歳になった子も残っていたので、お正月の慟哭事件のせいで、わたしの同室の子は早く追い出されたのかもしれない。

そのころ兄はよく体調を崩し、学校を休んで寝ていることが多かった。食欲がないこともしばしばだった。わたしはもうだまって飢えている年齢ではなかった。同じ年ごろの女の子たちと西瓜（すいか）や真桑瓜（まくわうり）を畑から盗み出すぐらいなんでもなかった。兄が病気で寝ているときは、盗んできた西瓜を食べさせたり、とうもろこしを焼いてあげたりもした。

夏は孤児たちの自由な世界だった。咸州愛育院の外には畑や田んぼが広がっていた。小川の水は透き通っていて、魚も多かった。わたしたちは川の水をせき止め、干上がった川でばたばた跳びはねる魚をつかまえて食堂に持って行き、褒められたこともあった。兄とその年ごろの子たちは蛙や蛇を捕って皮をむき、焼いて食べたりもした。愛育院では肉といえばお正月に口にするものだった。わたしは蛇は食べられなかったが、蛙の足はおいしかった。

とうもろこしが実り、じゃがいもが収穫できるころは絶好の野遊びの季節だ。畑から青い豆を根こそぎにし、じゃがいもは泥がついたまま、とうもろこしは皮もむかずに積み重ね、畑の横に大きな穴を掘る。その中に握りこぶしほどの大きさの石を積み、乾いた木や草などを載せて火をつける。石が焼けて赤くなったころ、木の棒で石をかき分け、豆、とうもろこし、じゃがいもを入れ、土をかぶせる。じゃがいもとうもろこしの焼ける香りが食欲をそそる。「今だ！」と土をかき分け、フーフー吹きながら皮をむいて食べると、この上ないおいしさだった。だれから教わることもなく、先生や大きい子たちについて行けば食べられた。

穀物や果物などを盗って食べても、だれも叱らなかった。先生が加わることさえあった。田舎の人のおおらかさなのか、かわいそうな孤児を大目に見てやろうということなのかはだれにもわからない。

冬は辛かったが、夏は楽園だった。

ある日、中央指揮部からの命令でさらに北へ向かうことになった。準備は必要なかった。上の指揮部から発行された特別証明書で、寝るところも食べるものもすべて解決できるからだ。

再びの強行軍

再び行き先の知れない強行軍が始まった。元山から来るときは空襲を恐れて山道を歩いたが、今度は大通りを歩いた。夕方までには先発隊が泊めてもらうのによさそうな村を探し、用意された夕飯を食べて寝た。咸興（ハムフン）市の手前でわたしたちは城川江（ソンチョンガン）に行く手を阻まれた。大きな川にかかっていた橋は爆撃で二箇所破壊され、腰を折られた龍のようにたわめられていた。

　橋が切断されたところには二つの「V」字の形に梯子（はしご）がかけられていた。崩れ落ちた鉄筋コンクリートの塊が踊り場となり、梯子の下の方が固定されていた。

「V」字の片方にあたる降りる梯子は、折れて傾いた鉄筋コンクリートに沿って作られた木の梯子だった。いったんこの下りの梯子で踊り場まで下りて、そこから次の梯子を登らなければならない。「V」字の片方の梯子は、太い縄で結ばれた縄の梯子だった。足をかけるところは木でできていたが、両側は縄で、八メートルもある空中でふらふらしていた。梯子は狭くひとりしか登れない。このような梯子で橋の上まで上が

って、少し先の次の梯子をまた下りたり上がったりしなければならない。
　兄のような年長の男の子たちは自力で梯子を渡って行ったが、わたしたち九歳グループの八人は、分隊長と先生がひとりずつ背負って渡るので時間がかかった。兄は向こう岸に渡っていたが、わたしがまだ渡れずにいるのを見て戻って来た。保母に「妹だけ置いていくと思って戻って来たの？」と聞かれると、「ただ渡ってみただけです」と照れくさそうに言って戻って行った。
　そのときほど兄を頼もしいと思ったことはない。わたしにはとてつもなく怖く思えた梯子を軽々と行き来できる兄が誇らしかった。わたしは先生におぶされて橋を渡ることになった。ふらつく縄の橋を渡るときは目も開けられず、背中にしがみつくようにして先生の腕をしっかりつかんだ。梯子を渡り切ると、先生はわたしを下ろしながら「見てごらん、腕が折れそうだったよ、あんまり強くつかむから」と言って、赤くなった跡を兄に見せて笑った。その場にいたみんなに笑われ、わたしは兄の後ろに隠れた。

強行軍は続いた。ある日、わたしと同じ歳の京子（キョンザ）という女の子が歩けなくなり、北青（プクチョン）という街の孤児院に置いていかれることになった。わたしもだんだん歩けなくなっていたが、兄と別れることを恐れて、歯を食いしばって歩いた。ときどき列から遅れて兄と二人で歩くこともあった。大通りを歩いていると、トラックや馬車、牛車が抜いていく。トラックは止められなかったが、牛車が通りがかったときは御者に頼み、乗せてもらうこともできた。そのときは牛車が多く、馬車は珍しかった。あるときなど牛車に乗って行き過ぎてしまい、その日泊まる村まで逆に戻ったこともあった。

二週間ぐらい歩いたような気がする。わたしの足は限界だった。兄も石につまずいてできた傷の処理をしっかりしなかったため、その傷が治らず、膿が出始めていた。ついにわたしは端川（タンチョン）の孤児院に残されることになり、その日は端川愛育院に泊まった。

次の日、分隊長はわたしだけ置いて行こうとした。兄は自分も残ることを認めてほしいと言って、膿の出る足を見せながら座り込んで動かなかった。分隊長はしかたなくうなずいた。

こうして別れた分隊の人たちは、どこまで行ったのかわからない。清津（チョンジン）まで行ったようにも聞いたが、何人無事にたどり着いたのだろうか。

端川愛育院

端川愛育院に残ったわたしは、一、二日休めば回復すると思っていた。ところが、二日経ったところで、足が治らないばかりか、立つこともできなくなっていた。膝を伸ばすことができず、わたしはいざるようにのろのろとしか動けなかった。

端川愛育院は山の上の森の中にひっそりと隠れるように建っていた。孤児たちが住む部屋は、すべて食堂から一段高いところにあり、食堂との行き来は坂道になっている。部屋から下って食事に行くときは足を伸ばせず、転がりそうになったこともたびたびだった。五日ぐらい経ってようやく足が伸びるようになった。そのとき行軍中に二日休んではいけないという分隊長の言葉がやっと納得できた。緊張して毎日歩いているうちはわからないが、いったん休んでしまうと、それが逆に疲れを呼んで悪くなることがあると先生から聞いた。

それ以降、わたしは長い距離を歩けなくなっている。学校ではときどき長時間歩く軍事訓練が行われたが、そのたびについて行けなくなって後に残された。足が重くて動けないのだ。

戦争中ではあったが、端川では楽しい日々を送った。のちに兄は端川での生活を思い出すたびに、

「端川では楽しかった。君が歩けなくて残ったおかげだよ」と言って微笑んだ。

戦争中は学年も自分の申告で決まった。兄は小学校五年生だったが、中学生だと申

告し、入学試験も受けずに中学校に通うことになった。一年生の授業をそれほど受けなかったわたしも二年生になった。五十人程度の孤児がいて、学校は一時間くらい歩いたところにあった。二年生はわたしを含めて八名で、中学生は兄ひとりだった。学校に通わない女の子もいた。兄と同年代の女の子たちがいたが、学校には通わず、炊事係のおばさんを手伝っていた。

兄は孤児院で唯一の中学生で、成績もよかったため、孤児たちの代表となった。幼い子は兄を尊敬し、兄より年長の子や先生たちも褒めていた。孤児院の代表として端川市内で開かれる学生代表会議にも出席した。

その時期、端川一帯は空襲がなかったため、思う存分学校に通うことができた。朝ご飯を食べてから八人が一緒に山を下りて学校に行くが、途中で砂地を通らなければならなかった。元は大きな川だったが、水が減って小川になり、雨が降り続いたときだけ大きな川に戻るようだった。あちらこちらに草が少し生えているだけで、広々とした白い砂地が広がっていた。わたしたちはその砂地を裸足で走って遊びながら学校に行くこともあった。

端川では衣服が配られた。ヨーロッパの人々が戦争孤児のために募金して贈ってくれたものらしい。背が低く痩せていたわたしはひだの入ったスカートをもらった。当時のわたしたちの生活は、両親のいる子供より安定していた。一般家庭ではお米がなく、豆やじゃがいもを食べていたが、孤児院には米が配給され、不自由なく過ごした。わたしたちはいつも一緒に行動し、八人とも成績優秀で先生にほめられた。一般家庭の子たちから孤児だと見下されることもなかった。むしろわたしたちが彼らのことを成績が悪いと馬鹿にするくらいだった。彼らは家に帰ると、弟や妹たちの面倒を見なければならないし、家事をしなければならないので、宿題をやる時間もないようだった。

　孤児院でもときには食糧が不足することがあった。お米の配給がないときは稲をもらってきて、学校に行かない女の子たちが臼に入れてついて精米した。通学している子たちは学校から帰ると、精米されずに残ったもみ米やもみ殻を除く作業をした。広い食卓の上に広げた米の山から、もみ米やもみ殻をよって除き、精米だけを容器に入れて食堂に運んだ。夕飯に使う米だった。

　野菜と薪が足りないときはわたしたちも山に登り、山菜を取ったり、木の枝を拾った。山に入る前に食堂のおばさんから山菜を見せてもらい、名や特徴を教わった。山には榛（はしばみ）の木、どんぐりの木、野いちご、やまぶどうなどがいたるところにあった。榛の実はおいしいけれど、どんぐりは苦くて渋い。口の中のものを全部吐き出しても舌が痺れるようだった。遊びながら薪を拾い、野いちごなどをつまんだりしていても、山を下りるときには大きなふろしきがいっぱいになるほどの山菜が集まり、背中にも薪をたっぷり担いでいた。

わたしたちの収穫を、食事係のおばさんは明るく笑って褒めてくれた。毒があって食べられない山菜をより分け、食べられるものだけ調理して醤油や塩をかけて夕食のおかずにした。

大多数の子は学校にも通い、楽しく過ごしたが、不幸な子もいた。わたしと兄が端川愛育院に来たとき、食堂の前で、泣いている小さな子を背負い、あやしている女の子を見た。彼女は十四歳で、順女（スンニョ）と呼ばれていた。背中の子は三歳だったが、痩せていて年より小さく見えた。空襲で家が焼けてしまい、祖父母、母、二人の弟が亡くなり、彼女と三歳の子が残った。十四歳では孤児院に入れる年齢を過ぎているが、妹の面倒を見るために入って来たのだった。彼女はいつも憂鬱な顔をしていて、背中の子は絶えず泣いていた。ある日、わたしが二人の友だちと食堂の庭で遊んでいると、食堂のおばさんが妹を背負っている順女を叱っている声が聞こえてきた。干し鱈を盗んだとがめられているようだった。順女も背中の子も泣いていた。

食堂のおばさんが中に入った後、本人に聞くと、背中の妹はお粥も食べず泣いてばかりいるけれど、干し鱈だけは食べていたので、おばさんからもらっていたという。たびかさなるとくれなくなったので、倉庫から一匹持ち出そうとしたところを見つかってしまったとのことだった。わたしたちは彼女に同情し、助けることにした。二人がおばさんを手伝うふりをして視線を遮り、ひとりが干し鱈を二匹盗んで山に上がった。順女を呼んで干し鱈を一匹分けてあげ、残りの一匹は三人で遊びながら食べた。

そしてわたしたちは、

「また盗んできてあげるから」

と彼女に約束した。しかしその必要はなくなった。泣いてばかりいた三歳の子が死んだのだ。その子は歯が一本もなかったという。栄養失調なのか、病気だったのかはわからない。数日後、順女もどこかへ行ってしまった。

九月末になり、少し涼しくなったころ、トラック二台が山の下の平地に止まった。

男の子を全員乗せて行くとのことだった。兄は離れる前に、大切にとっておいたハンカチ（わたしが渡したヨーロッパからの贈り物）や自分が使っていたノートをくれた。彼らは軍事学院に送られるのだ。移動の責任者に任命された兄は、翌日、男の子全員をトラックに乗せると最後に乗り込んだ。様子を見守っていたわたしは、二度と会えないのではないかと心配になり、トラックの縁にぶら下がって一緒に行きたいと大声で泣いた。保母と迎えに来た軍隊の責任者が困惑する中、兄が涙を浮かべ、わたしの手をそっと外しながら、

「また会えるから、心配しないで」

と言った。

そして軍隊の責任者に向かって、

「早く出発しましょう、暗くなる前に大通りに出ないと……」

と言って、トラックの幌を下ろした。トラックはゆっくりと動き始めた。空襲のため、トラックは真っ暗になってからでないと、大通りを走れない。

第五章

父子

中国へ

兄と別れて一ヵ月ぐらい経ったころ、夕方、トラックが二台到着した。今度は女の子の番だった。十三歳以上の子は残り、それ以外は全員がトラックに乗った。どこへ行くとも、何をするとも教えられないまま、トラックに乗った。準備などはいらない。手ぶらでトラックに乗った。

後で兄から教えてもらったことだが、その当時、孤児院はすべて教育部（文部省）が管理していたが、戦争になってから教育部の力が弱くなり、孤児の管理をほかの部署に移すことになったということだった。男の子は国防部の管理下に入り、女の子は鉄道部に所属することになった。鉄道部は現役の軍人とは違うが、軍服を着るのだった。

九歳だったわたしもその中のひとりだった。夜遅く利原（リウォン）鉄道学院に到着した。翌日、軍服が配られた。上着の袖やスカートの両脇には赤い線が縫いこまれていた。士官服だということだった。赤い線の入った帽子もあった。

宿所の準備が遅れていたため、二日間は外で寝た。木の板の上で布団もなく、軍服を着たままだ。夜中に寒くて目が覚めたこともあるが、夜明けまでぐっすり寝たのは疲れていたせいだろう。

木の板の粗末なベッドが完成し、わたしたちも部屋に入れるようになった。授業はなく、毎日軍事訓練ばかりだったが、列を作り、号令に従って前へ進み、左へ、右へ回ったりするだけのものだった。食堂は高粱(コウリャン)の茎で急ごしらえしたもので、ときどき天井から虫がスープの中に落ちてくることもあった。虫をすくい出し、食べ続ける子もいたが、わたしはそれを見ただけで吐き気がして食べられなかった。軍人と同じ扱いだからか、主食は白いご飯で、肉や太刀魚のような魚も出たし、豆腐や野菜も豊富だった。

そこで一ヵ月を過ごした。ある日、また何台かのトラックが鉄道学院の庭に入った。何の説明もなく、わたしたちに綿の入った志願軍の上着や花模様のある綿入れの服を配って、トラックに乗るようにと、迎えに来た人民軍が指示した。軍服や民間服は足元までの長さで、オーバーのようだった。これらの服は中国で急に集められたもので、民間服が足りず軍服も交じっていたようだ。

わたしのような背の低い子は、軍人の小隊長と先生が抱いてトラックに乗せ、彼らも一緒に乗った。初めて着た綿入れの服は重いけれども柔らかく暖かかった。トラックが動き始めて間もなく、わたしたちはふかふかした暖かい服の中で寝込んでしまった。一九五二年の冬、わたしたちはトラックに乗って、中国へ向かっていた。

板門店（パンムンジョム）では休戦に向けた協議が続いていたが、戦争が長引く可能性もあるということで、その対策として軍事学院や鉄道学院が設立され、わたしたちが送られたのだった。軍事学院の学生は人民軍の予備軍のようなもので、もし戦争が続いていたら、わたしたちはどこかの戦場で犠牲になっていたかもしれない。

一進一退の休戦協議のかたわら、協議を有利に進めるため、アメリカ、韓国軍側と中国志願軍、朝鮮人民軍側との戦闘も熾烈だった。特に中国の国境に近づくと空襲は激しさを増した。

空襲を避けるため、夜はトラックに乗って進み、昼間はトラックを木の下に隠して、到着した村でご飯を食べ、トラックの上で寝た。

ある日、トラックはりんご園に入った。収穫後の畑にはりんごがたくさん落ちていた。そこはりんご栽培で有名な江界(カンゲ)という街の郊外だった。ここで何泊かした。村の人々から三食食べさせてもらい、甘ずっぱく柔らかい果肉の紅玉というりんごが配られることもあった。

ある日の夜、トラックは中国側の小さな町である集安(ジアン)へ向かった。冬だったので、川の水は凍っており、それほど大きくない橋も壊れていなかった。橋を渡って集安に着き、そこで汽車に乗り替えた。鴨緑江(アプロクガン)を渡る順番を待つために江界で時間をつぶしていたのだ。当時、中国へ移送される孤児を乗せたトラックは何百台もあったという。

夜中に汽車に乗った。寝台車ではなかったが、わたしたちが横になれるように三人がけの席をひとりに使わせてくれた。隣の車両には三歳以下の赤ん坊が乗っていて、ドアが開くたびに赤ん坊の泣き声が聞こえてくる。保母ひとりが五人の赤ん坊の面倒を見ていた。

この子たちは、爆撃で焼け崩れた家から中国志願軍によって救助されたり、道路のわきや林の木におぶされているのを救助されたと担当の保母から聞いた。普通はこのような小さい子は朝鮮の養育院で育てることになっていたが、中国志願軍の要請で送られてきたとのことだった。

三食がロシア風のパンとソーセージだった。高級なものだと教えられたが、ご飯ばかり食べていたわたしたちには脂っこくって人気がなかった。

吉林省の舒蘭という町に着いた。朝鮮の戦争孤児が来るという知らせを受け、舒蘭県では大勢の人を動員し、迎えに出ていた。列車から降りると、プラットホームに並んでいた彼らは「抗美援朝」（アメリカに抵抗し、朝鮮を援助する）という歌を歌いながら、中国と朝鮮の旗を手にして歓迎した。ホームに降りると、わたしたちはひとりずつ出迎えの人に背負われた。わたしはある女性におぶされた。三十前後の歳で、短髪丸顔の彼女は学校の先生を思わせる。彼女が疲れているのに気づき、すぐ背中から滑り下りた。彼女もほっとしたように微笑み、わたしたちは手をつないで歩き、バスが待っている所までくると手を振って別れた。

バスで「舒蘭初等学院」という所に到着した。次の日、わたしたちは朝鮮から着てきた服を全部取り上げられ、下着から外套まで、全部真新しい服をもらった。初めて分厚い綿入れの服を着たわたしたちは、歩き方も忘れたようによちよちしていた。

初等学院とは小学校と幼稚園の子供を入れるところだった。八歳から十三歳の子が混じった三十人くらいが一クラスに編成され、そうしたクラスが三つあった。全員女の子だった。年齢にばらつきはあったが、わたしのクラスは小学校二年生として勉強を始めた。年長の子も戦争で勉強ができなかったからというのが理由だった。幼稚園のクラスは五歳から七歳の子で編成された。そちらも三クラスあった。子供たちは全員で二百人ほどいた。

一九五二年、休戦に向けた協議が行われているとき、ヨーロッパの社会主義国家はすでにそれぞれ百名くらいの戦争孤児を受け入れていた。参戦した中国は、東北地方に四万人以上の孤児を迎え入れた。瀋陽(シェンヤン)に設けられた「朝鮮児童教育処」という管理部門が、孤児と職員を管理していた。孤児の生活の面倒を見る保母と学校の教師は、すべて朝鮮で選んで送り込まれた。食堂で働く人やその他雑役の職員は現地で採用した。

中国政府は朝鮮戦争で父母を失った戦争孤児を外国からの客人として優遇し、豊かな生活をさせた。朝食には、ご飯とスープのほかにゆで卵がひとり二個と野菜炒めが出た。昼には肉や魚の料理があり、夕食にも欠かさず肉があった。たいてい中華料理で、栄養バランスを考慮したレシピだった。にんじん、烏賊、魚介、揚げて砂糖をまぶした昆布などが食卓に上った。食事の前に必ずだれかが毒見をしてから孤児たちが口にした。何かがあっては、国際問題になるからだ。

日用品も十分に与えられた。各自の名前が書かれた袋が壁にかけられており、中にはタオル、歯ブラシ、歯磨き、石けんとコップが入っていた。月に一度点検をして、足りないものは補充してもらえた。下着をはじめ洋服もきちんと洗濯された。寝るところはオンドルだった。オンドルとオンドルの間には通路があり、わたしたちはそれぞれ敷布団を敷き、掛け布団をかけて、通路側に枕を置いて寝た。冬には一日三回オンドルに石炭で火を焚き、いつも暖かかった。

宿舎と食堂は木で作られた囲いの中にあり、近くの小学校でわたしたちのための授業が行われた。学校までは歩いて三十分ほどだった。その冬は非常に寒かった。綿入りの服の上に綿入りの黒いオーバー、黒い綿の靴、黒い綿の帽子、黒い綿の手袋に黒いマスクをして、列を作って通学するわたしたちは、黒い蟻の行列のようだった。

大雪のためにドアが開けられなくなったこともあった。宿舎から大道に出るまでの細道の両側の雪の壁は、しばしばわたしたちの背丈ほどの高さになった。素手でドアの取っ手をつかむと手がくっついてしまうほど凍っていたが、教室には石炭ストーブがあり、わたしたちが教室に入るころにはすっかり暖められていた。瀋陽の教育処から教科書とノートが支給され、二年生のときは、担任の先生が国語と算数を教えてくれた。

舒蘭は水質が悪く、ポンプで組み上げた水を洗面器に入れておくと、三十分もしないうちに黄褐色に変わった。砂利や砂で作った濾過装置を通しても効果はなかったので、飲み水は二キロも離れた街から水道水をタンクで運んできた。タオルは一度水にひたすと、すぐに黄褐色に染まった。髪を洗うとべたべたになり、櫛(くし)が通らなかった。冬は雪を溶かして髪を洗い、夏には少し離れた川で髪や体を洗った。

「抗米援朝」のスローガンの下、中国の国民も孤児に好意的だった。ある休みの日、わたしは同じクラスの今淑(クムシュク)と繁華街を通って学院に戻ろうとしていたとき、知らないおじさんに優しく声をかけられた。志願軍として朝鮮戦争に行ったことがあるのか、かたことの朝鮮語まで口にした。

「アンニヨンハセヨ（こんにちは）」「ゴマブスムニダ（ありがとう）」と言い、微笑みながら近づいてきた。わたしたちはその人を見上げながら笑った。彼は一万元（貨幣改革のとき、一元となる）札一枚と千元札二枚をわたしたちによこし、隣の店と紙幣を指差しながらなにか言った。意味はわからなかったが、そのお金で物を買いなさい、ということらしかった。彼はわたしと今淑がきょろきょろしながら歩いているのを見て、なにか欲しいものがあるに違いないとお金をくれたのだった。

わたしたちはお辞儀をして、「ゴマブスムニダ」とお礼を言い、一万元を店の人に渡してキャンディ、お菓子、ほおずき、ひまわりの種などを指差した。店の人は商品の入った紙袋と三千元のお釣りをよこした。わたしたちが大きな紙袋を持ってその店を離れるまで、あのおじさんはそばに立っていた。わたしと今淑は再び頭を下げ、手を振って別れて学院に戻った。

保母さんに街で会ったおじさんの話をし、紙袋と残りのお金を渡すと、

「ほんとうにありがたい方に会ったのね。それにお店の人もおまけしてくれたんだわ。七千元じゃこんなにたくさん買えないもの」

と言った。

「でもね、二度とよその人からお金や物をもらってはいけませんよ」

他人の好意に甘えてはいけない、また、知らない人に近づいてはいけない、という

戒めだった。買ってきたおやつはみんなで食べた。

　平和な環境での勉強は楽しかった。毎日午前中は学科の授業を受け、午後には歌と踊りの練習があった。そのほかの時間は自由に運動場や部屋で遊べた。支給された縄で縄跳びをし、砂や小豆で作ったお手玉で遊んだ。ドッジボールやゴムひも跳びもよくやった。逆立ちして足をゴムひもに引っ掛けて遊ぶようになると、背の低いわたしはゴムひもを持つ役に回された。お手玉は座って手で遊ぶもので、いつも勝った。

　あれはいつものように運動場で遊んでいるときだった。幼稚園の子たちが遊んでいるのが目にとまった。遠くに薄茶色い髪の子が見えたので、はっとして近づくと、白い肌にぱっちりした目が美淑（ミシュク）に似ていた。

「お名前は？」

「呂春子（ロチュンザ）」

「何歳？」

「七歳」

「別の名前はないの？」

呂春子は首を横に振った。

美淑と同じ歳だった。急いで彼女の手を取り、犬に嚙まれたところを探して見たが、傷跡はなかった。家族のことを細かく聞くと、わからないことが多かった。雰囲気は似ているが、美淑よりずいぶんおとなしい。わたしの質問に対する反応が鈍い。美淑の賢い目の動きとは違う。美淑ではないとわかっていながら、春子のそばを離れたくなかった。

中国に来て、平和で安定した生活を送るようになってから、わたしはたびたび美淑のことを思い出していた。授業で先生は、朝鮮戦争は休戦となったが、北も南も戦争の被害で非常に厳しい状態にあると話していた。それなのにわたしだけがこんなに贅沢していていいのか、後ろめたかった。美淑は今どこにいるのだろう？　わたしと兄が元山（ウォンサン）を離れた後、再び大空襲があったと聞いたが、どこかで生きているのだろうか。戦争で廃墟となった町で、食べていけるのだろうか。美淑が引き取られた家は無事だっただろうか。わたしがもう少し面倒をみていたら、美淑はあのおばあさんの家に行かなかったかもしれない。そうすれば、今わたしと一緒に何の心配もなくここで仲良く勉強ができたはずだ。わたしは胸が痛んだ。

美淑に似ている呂春子を見るたびに美淑が懐かしく思い出され、彼女に近づいて話しかけたり、一緒に遊んだりした。学院では週に三回ぐらい、りんご、みかん、キャンディ、お菓子といったおやつが出たが、わたしは自分の分を春子にあげたり、一緒に食べたりした。春子と同じクラスの子が、わたしが春子だけをかわいがっていると先生に告げ口したのか、ある日、担任の金正淑(キムジョンシュク)先生に呼ばれた。

「最近あなたが幼稚園クラスの呂春子をたびたび訪ねていると聞いたけれど、どういうこと?」

「ええ、呂春子が妹の美淑にとても似ているんです。別人だとわかっていながらも、妹のようで、つい……」

わたしは先生に美淑と元山で別れたことを話しながら、思わず泣いてしまった。話を聞いていた先生も涙ぐみ、わたしの手を強く握った。そして大きく溜息をつき、

「わたしたちはみんな戦争のせいで家族と別れ、愛する人を失ってしまったの」

と言った。先生の両親が爆撃で死亡したこと、夫が前線に行って消息がわからないことを教えてくれた。わたしは先生の膝に顔をうずめて泣いた。先生はわたしの頭をなでながら静かに言った。

「でも、呂春子は美淑ではないんだから、これ以上近づかないで。あなたが春子だけ

かわいがると、ほかの子がやきもちを焼くから春子にもよくないのよ」

「瀋陽の教育処に問い合わせて美淑を探してみるわ。もし中国に入っていたら、きっと見つかるから」

手紙を受け取った教育処は中国東北地方に散らばっている四十箇所の学院の中の初等学院に手紙を出して調べた。

一ヵ月くらい経って、金先生は美淑は中国には入国していないことを教えてくれた。


一年が経ち、わたしは三年生になった。学院も別の所へ移動した。同じ舒蘭県の中だったが、前より水質のいい所だった。教室も宿舎も食堂も塀に囲まれた、施設の整ったところだった。運動場には高い滑り台もあった。移動前は女子生徒しかいなかったが、半分がどこかへ移っていき、減った分を埋めるように男子生徒がやって来た。男子ばかりの学院では生徒が先生の言うことをまったく聞かないので、保母や先生が持てあまし、男女共学を提案したようだった。呂春子もどこかへ移ってしまい、会えなくなった。

戦争中野放しにされていた子供たちなので、学院に移って来た男の子の半数以上が浮浪者に見えた。当時、街のそこらじゅうに野良犬がいた。男の子たちは木の板でそりを作り、野良犬に引かせて遊んだ。それに飽きると、運動場の滑り台に縄で犬を吊るして殺したりした。当時は犬の肉を食べなかったので、死体は遠い野原に棄てに行った。わたしのクラスも半数が男子になった。犬殺しまではなかったが、あまり勉強もせず、先生の言うことを聞かなかったばかりか、先生に暴力をふるうこともあった。

　クラスに申才植（シンジェシク）という男の子がいた。わたしと同じ姓で、わたしより二つ上だった。「姓が同じだから、わたしがお兄さんに当たるんだ」と言って、親しくしてくれた。普段はおとなしい男の子だった。

　あるとき、才植は担任の全玉華（ゼンオクファ）先生に注意されている最中、突然立ち上がって、近くにあったレンガで先生の肩を打って逃げた。全先生は非常に厳しい女の先生だった。特に男の生徒には笑顔を見せたことがないと言われていた。男の子たちは陰で、「虎の女」というあだ名までつけていた。幸い才植も力を入れていなかったし、洋服の肩当てがあって、傷もなにもなかった。先生は肩に残ったレンガの粉を払いながら、

「とんでもないやつだ。どこへ行く！　ただではおかない！」

と怒鳴って追いかけて行った。

夕方、わたしは先生に呼ばれた。

「あなたと才植は同じ姓で親しいと聞いているけれど、ほんとうなの？」

「はい、自分が兄だと言って優しくしてくれるんです」

「才植も悪い子じゃないから、お兄さんだと思って、よく話してみてくれない？　聞くかもしれないから」

先生は、才植が勉強もせず、ほかの子と喧嘩ばかりして、先生の話も聞かないと愚痴を言った。このままでは四年生に上がることさえ難しいようだった。

「あなたは国語も算数もよくできるから、才植と一緒に勉強しながら教えてあげてくれない？　少しはよくなるかもしれないから」

才植の一家は興南(フンナム)市に住んでいた。父、母、二人の妹という家族構成だった。父も母も興南肥料工場で働いていた。

ある日の朝、空が真っ黒になるくらいのB－29が興南市の郊外にある本宮(ボングン)肥料工場を爆撃し、工場を廃墟の平地にした。才植は肥料工場で働いていた両親を亡くし、二人の妹と咸興(ハムフン)愛育院に入った。

愛育院の先生から、才植は興南肥料工場が爆撃を受けたその日のことを聞いた。

一九五〇年七月三十日、四十機以上のB－29が沖縄の基地から興南市の上空に着いたときは、曇り空で目標がよく見えなかった。先頭を切る飛行士はレーダーで照準を合わせるしかなかった。工場が爆撃を受け、猛烈な火事となり、その火で空の雲が散り、目標の輪郭がはっきり見えるようになった。後から来た飛行機は目視で爆撃を行った。爆弾が目標区域に正確に落ち、工場は瞬時に灰燼（かいじん）となり、いたるところに労働者の横死の死体が見えたという。

食べるものも十分になく、気ままに暮らせない愛育院の生活に慣れることができなくて、才植は逃げ出した。ある日、浮浪者らに混じってスリをしているところを捕まり、島流しになった。戦時には裁判も何もなく、その場にいる安全員たちの判断で処理された。十歳だった才植は、孤児院出身だと言えば島へ送られずにすんだのに、孤児院に戻りたくないばかりに言わなかった。流刑の厳しさがわからなかったからだ。才植は島で過ごした半年の間に、徹底的な監視の下での過酷な労働など、さまざまな苦難を経験した。一番辛かったのは空腹と孤独だった。毎日のように出てくる豆と大麦のご飯は量が少なく、いつもお腹がすいていた。

あるとき、食料を積んだ船がやってきた。才植は監視たちが荷物を運んでいる隙に老船長の前にひざまずき、連れて行ってくれるようにお願いした。船長は十歳にも見えない子がこんなところにいるのをふびんに思い、パガジ（ひさご）をかぶせて海の中に隠してくれた。

監視に「あのパガジはなぜ海に浮かんでいるのだ」と聞かれたとき、老人はゆっくりと「あ、あれか、先ほど船底の水を汲みだした後、あそこに置いたのに、風で落ちたようだな」と言って、櫓を動かしてパガジをすくうまねをしながら、才植の頭を押さえて水の中に隠した。そしてパガジをすくい上げ、船の方向を変えた。監視が体の向きを変えると、再びパガジを才植の頭にかぶせた。才植はしばらくパガジを被ったまま、船に体をつけて泳いでいたが、島から遠く離れると船に上がった。老人は才植を自分の家に連れて帰った。

老人は息子が人民軍に行った後、嫁と孫たちを山谷の村にある嫁の実家へ避難させていた。老人は才植の身の上話を聞き、かわいそうに思い、自分の孫のようにかわいがった。才植も実の祖父のように慕い、薪を割ったり、昆布や魚を干したりすることを手伝った。

休戦協議が続いている中、咸興あたりは空襲も静かになり、嫁と孫たちが戻って来た。才植のことで老人は嫁に気を遣わなければならなかった。ここは自分の居場所ではないと悟った才植は暇乞い(いとまご)をした。老人は、

「二度とあんな浮浪者たちとまじわってはいけないよ。お前の妹たちがいる咸興愛育院に送ってあげるから、そこでおとなしく勉強しなさい。わかったね。わたしもときどき会いに行くから」

老人は借りてきた牛車に小さな風呂敷包みと才植を乗せた。咸興愛育院につくと老人は、才植は自分の姪の息子だが愛育院の生活に慣れず、自分を訪ねてきた。しかし、自分の家の状況もよくないので、再び愛育院で保護してもらえないかと頼んだ。こうして才植は咸興愛育院に残った。そして一ヵ月もしないうちに軍事学院に移送され、中国に入ってきたのだった。

流転の生活をしてきた才植は落ち着きがなく、勉強もできなかった。わたしは才植と一緒に算数の問題を解いたり、国語の教科書の書き取り練習をした。三年生の期末試験に才植はどうにか合格し進級した。四年生になると、また学院の再編成があった。わたしは山城鎮(サンチョンチェン)初等学院所属となり、才植はほかの男の子たちと一緒に、別の学院に移っていった。

山城鎮初等学院

山城鎮初等学院に移動するとき、わたしたちは身の回りの品などを入れた小さなカバンを肩にかけただけで、その他の物はすべて学院の方で移してくれた。吉林駅に着いたとき、別の学院の生徒たちが乗り換えの汽車を待っていた。わたしたちが列車から降りて整列しているときだった。列になって座っている男子生徒の一番前の列に兄がいるのを見つけた。喜びと懐かしさで胸が高鳴り、隣にいる李春子(イチュンザ)に言った。

「あそこに兄がいるわ。このカバン、ちょっと持ってて。行ってくるから」

と言って、兄が消えないようにじっと見つめながら走って行き、兄の手を取った。

「これなんだ？」と並んで座っていた同級生が、意味ありげな目でわたしと兄をかわるがわる見てからかった。周りの生徒の視線が一斉に兄に集中した。

「妹だ！」兄は顔を赤らめて笑い、座ったままわたしに言った。

「早く戻って。乗り遅れると困るから。僕たちも山城鎮へ行くんだよ。また会えるんだから」

兄はわたしたち初等学院の学生も山城鎮に行くことを知っていたのである。

わたしは自分の列に戻り、春子からカバンを受け取って、汽車に乗った。窓から外を見て兄を探したが、生徒たちはもうどこにもいなかった。春子はわたしに兄がいることをうらやましがった。自分にも兄がいたが、元山市が大規模な爆撃に遭ったときに亡くなったと言って涙ぐんだ。そのとき、春子はおばあさんの家に行っていて難を逃れた。春子のお父さんは人民軍に入隊していた。母親と兄と二歳の妹は火の海から逃げきれず、春子は孤児院に入ることになった。

舒蘭初等学院の二年生のときから、わたしと春子は同じクラスだった。年も同じで気が合った。クラスでは年長の子がいじめの主役だった。彼女たちは二、三歳上だったが、勉強はできず、自分たちの言うことを聞かない子をいじめた。だれからも相手にされないようにして、孤立させた。暴力をふるったり、罵ったりしていじめるわけではなかったので、先生には気づかれなかった。同じクラスの韓今玉（ハンクムオク）という子はわたしより三歳も上で、背が高く力もあった。勉強ができないので、できる子を憎んでいじめた。成績がよかったわたしは先生から特別に可愛がられたが、当然、今玉の攻撃のターゲットとなった。そしてわたしと仲のいい子たちも同じくいじめられた。

今玉は同じクラスの子をひとりずつ順番に孤立させていじめた。彼女の指示で、みんなが急に声もかけず、無視するようにし、ときどき配られる間食を奪ったりもした。わたしがいじめられれば春子が慰め、春子がいじめにあったときはわたしが肩を持った。

山城鎮にはわたしたちのための宿舎と教室が用意されていた。三年生のときは三十名の男女共学のクラスだったが、四年生になってからは、男子と女子は別のクラスになった。保母と先生も一部替わり、院長先生も替わった。新しく来た院長は、楽団を指揮した経験があるとのことだった。四年生と五年生の中から六十名を選んで合唱団を作り、放課後や夏休みを利用して練習した。指揮は院長が担当した。

初等学院には幼稚園クラスと小学校のクラスがあった。小学校は五年制で、五年を卒業すると中学に進学する。中学と高校は高等学院に所属し、中学三年、高校三年という制度だった。一九五五年、わたしが山城鎮初等学院に入ったとき、兄は山城鎮高等学院に移った。兄は高校一年生で、一番高い学年だった。つまり、その当時中国に入った孤児の中に高校二年生はいなかったのである。

院長先生は背が高く、色白で黒目がちな目元のやさしいハンサムな人だった。合唱団に選ばれた子たちは院長先生を尊敬し、練習も熱心にやっていた。院長先生は合唱団の指導だけでなく、クラス対抗の文芸コンクールも開催した。

四年生のとき、わたしのクラス担任の先生が変わり、男の張基文(チャンキムン)先生が担任となった。張先生は演劇が好きで、学院で行われる文芸コンクールに演劇を出品することになった。人民軍が後退し、学校が米軍に占領され勉強ができなくなったとき、先生と学生たちが学校の機能回復のために戦う物語だ。わたしはその劇で、主役に抜擢された。主人公の李哲(イチョル)は朴(パク)先生の指揮の下で米軍と戦う中、銃弾に当たり死ぬ。その最期がクライマックスとなり幕が下りるのだ。突然、銃を撃つ音がする。李哲は左手ではらわたを押さえながら倒れる。学生たちと先生に支えられ、苦しげに息をしながら、

「朴……先生……学校を……取り……戻して……ください……仇を……討って……くだ……さい」

と言って、先生の胸に抱かれ息を引き取る。わたしはおさげ髪を帽子に隠し、男子生徒の制服姿で熱演した。戦争中、学校をアメリカ軍に占領された経験のある子供たちの共感を引き起こしたらしく、拍手とともに涙を流す者もいた。

公演が終わっても、学生たちはわたしを「李哲！　李哲！」と呼んだりした。

さらに学院では、院長の計画に従って、文芸創作の大会も行われた。わたしたちのクラスは「薔薇」という踊りをやることになったが、背の低いわたしは出られなかった。夏休みに合唱団は吉林省内に駐屯している人民軍基地で慰問公演をした。すでに休戦となり、朝鮮に残って復旧建設に携わっていた志願軍も朝鮮から帰ってきていた。人民軍の一部の将校も中国で訓練を受けていた。

ある日、合唱団の練習のあと、運動場で遊んでいると、二人の子供と一緒にベンチに座っている若い女の人が目に入った。子供たちは栄養失調のせいか、痩せて小さかった。春子がわたしに囁(ささや)いた。

「院長先生の奥さんだって。あの子たちは双子で、二日前に朝鮮から入って来たみたい。うちのクラスのお母さん（わたしたちは保母をお母さんと呼んでいた）から聞いたんだけど、元山から来たそうよ」
わたしは元山と聞いただけで、胸がどきどきした。そして、全然似ていない双子と院長の奥さんをかわるがわる見つめた。幼い子供を二人も連れて空襲で廃墟となった元山から生きてここまでたどり着いたこの女性を尊敬した。こんなか弱そうな奥さんが子連れで生き残れたのなら、美淑やその家族も生き残っているだろうと信じたかった。

院長先生は朝鮮戦争が勃発すると出産間近の妻を残して出征しなければならなくなった。前線に向かう前に妻を元山近郊にある実家に預けた。戦地に赴いて二週間後に男女の双子が生まれ、奥さんは手紙で夫に知らせたが、返事はなかった。子供が生まれたばかりでは連れて動くこともできなかったので、三人が生き残ったのは奇跡のようだった。休戦後、奥さんは村の党幹部から夫の消息を聞き、子供を連れて訪ねてきたのだった。

一方、院長は音楽の才能が認められ、軍部芸術団に配属された。休戦後には中国に入ってきた孤児の教育に携わることになった。その当時は、朝鮮では復旧建設のためにみなが工事現場で働き、音楽の才能を発揮できる場所も少なかった。中国に来る前、元山近郊の妻の実家を訪ねたが、空襲で村が消えていた。妻の家族とも会えなかった。その後、山城鎮初等学院に院長として赴任した。そこで音楽教師の金銀姫（キムウンヒ）と出会い、恋愛関係に発展した。院長の奥さんが訪ねて来たとき、金銀姫先生はすでに妊娠していた。

わたしと春子は元山の出身である奥さんがかわいそうで、奥さんの宿泊先へしばしば遊びに行き、双子と一緒に遊んだり、お使いもした。そのとき、院長先生のことが噂になり、みな院長先生と金先生の関係も知っていたし、朝鮮の厳しい環境の中で苦労してきた奥さんに同情していた。

春子が双子と外で遊んでいるとき、奥さんはわたしに元山のどこに住んでいたのかと聞いた。わたしは忠清里養育院にいたときのことを話し、美淑との別れについても細かく説明した。そのとき、奥さんは「妹を養女に連れて行った家の姓はなんと言うの？」と聞いた。

「知らないんです。養母の夫の姓は催（チェ）で、海軍の将校だったが、戦死したと海軍住宅の人たちから聞いているんです。子供のいない家庭で、おばあさんと若いおばさんが来て連れて行ったことしか……」

　そう言いながら、わたしはすでに泣いていた。奥さんは遠いところを見つめ、なにか記憶を巡らせているようだった。

「今思い出したけど、わたしの実家の村に尹（ユン）氏という家があったの。とってもお金持ちだったと思うわ。わたしが双子を生んだとき、お祝いに魚やお米、わかめなどをたっぷり持ってきてくれて」

　奥さんは口元に微笑を浮かべ、

「あのときはほんとうに助かったわ。あの恩は今でも忘れてないもの。その家のお嬢さんはお嫁に行っても子供ができなくて、孤児院から女の子を養女にもらって育てているって聞いたことがあるけど」

　胸が高鳴り、息が切れそうだったが、やっと声を出した。

「そのおばあさん、今どこにいるかご存じですか」

　奥さんは静かに頭を振った。

「わからないわ。養女にもらった子がいじめられないように、だれも知らない遠いところに行くといって、大爆撃がある前に離れたから。釜山に親戚がいると聞いたけど、そこに行ったのかもしれないし」

美淑であるかもしれない女の子が、大爆撃の前に元山を離れて行ったと聞いてほっとした。尹氏のおばあさんが美淑を連れて行ったあのおばあさんだったらいいなと心から願った。そして美淑が釜山の片隅にでも生きていることを願った。

わたしと春子はその後も奥さんの家にたびたび遊びに行った。奥さんも着いたばかりのときとはうって変わって顔色が良くなり、かつての美しさを取り戻したようだった。わたしたちは奥さんと院長先生が、双子と一緒に仲良く暮らす日はそう遠くないと信じた。

ところがしばらくすると、院長先生は奥さんと離婚し、金銀姫先生と一緒になることを望んでいるらしいという噂が立った。院長は金銀姫との関係について上級部門に報告し、判断を待っているとのことだった。結局、どうするかは院長に委ねられ、彼は金銀姫を選んだ。幼いわたしたちは院長を憎いと思い、金銀姫まで憎んだ。そして奥さんを訪ね、彼女を慰めるつもりで院長と金銀姫を強い口調でののしった。奥さんは美しい目に涙をたたえて言った。

「だれのせいでもないわ。悪いのはすべて戦争なのよ。この戦争さえなかったら、あの人もああいうふうにはならなかったと思うわ」

しばらくして、院長と金銀姫は別の学院に転勤し、奥さんもどこかへ行ってしまった。


夏休みが終わりに近づいたころ、教師たちが研修に行くことになった。再教育と試験を受けて昇給するのが目的だった。教師たちが研修に行った後、山城鎮高等学院の上級生が臨時の担任教師になった。夏休みだったこともあり、物語を聞かせたり、歌を教えてくれたりした。上級生は高校二年生が一番上だった。わたしたちのクラスにも三人の上級生が来た。わたしは彼らと同じ高校二年生の兄のことを聞いた。李南秀（リナムシュ）という背の高くハンサムな人が兄と同じクラスだと言って前に出た。戦争中に負傷したのか、片腕がなく、夏なのに長袖の服を着ていた。彼はじっとわたしを見つめてから、

「ほんとうによく似ている。お兄さんは強情っ張りな性格だけど、あなたも同じ？」

と言って笑った。

わたしは彼をにらむと外へ飛び出した。二度と彼らの物語も歌も聞かなかった。悪い予感がした。兄は端川（タンチョン）にいたときのように、人から尊敬されているとは思えなかった。

兄の歩いた道

一九五二年九月末、兄たち男子生徒を乗せたトラックは、平安南道（ピョンアンナムド）の成川郡（ソンチョン）にある山の中に到着した。並び立つ兵営式の木の家の中には、白いシーツに覆われた軍用マットが並べられ、天津（テンジン）羊毛紡績工場の商標が付いた中国製の毛布がきちんと折りたたまれていた。

集められた男子生徒は体に合う軍服を与えられ、学年別にクラス分けされた。兄は中学二年生で一番上の学年だったが、年齢も一番下で、背も学年で低い方だった。生活は軍人とまったく同じだった。名義は軍事学院だったが教室はなく、山の上に平らなところを作ってあり、そこに学年別に集められて、中学の科目のほかに、武器や軍事作戦などの講義も行われた。軍事学院の学生は百余人いて、院長も先生も現役の軍人だった。

成川郡の山には松の木と栗の木がたくさんあったので、みんな枕の中に栗を入れておき、好きなときに食べた。米は一日ひとりあたり八百グラムも支給され、肉もりんごも出た。戦争中とは思えない豊かな食生活だった。二ヵ月ぐらい経ったとき、首都である平壌(ピョンヤン)が大爆撃を受けて最高指導部のメンバーまでが命からがら逃げ出し、北朝鮮の都市は家一つも残らず廃墟と化したという噂が伝わった。

肩に星二つを乗せた将軍級の将校が数回視察をした後に、朝鮮の戦争孤児二万人を中国に送るという通知が軍事学院に来た(その後、女子生徒が加わり四万人となった)。軍事学院の生徒たちは飛び上がって喜んだ。中国は志願軍を派遣して戦争に参与しただけでなく、朝鮮戦争における物資供給の源でもあった。アメリカ軍が中国国境付近まで占領したとき、朝鮮の国家政府機関や人民軍の一部の将校とその家族も中国に後退していた。軍事学院の一部の先生も中国で訓練を受けて戻ってきたのだった。生徒たちは安全で物資の豊富な中国に行けることを喜んだ。そして戦場から遠ざかることがうれしかった。

中国へはトラックで移送された。空襲を避けるため、夜中に車を走らせ、昼間は山谷に隠れて睡眠時間にあてた。夜中なのに道路は志願軍の軍事品輸送のトラックや移動中の行列で混雑していて、のろのろとしか進まなかった。

清川江（チョンチョンガン）を渡るために川辺で何日か泊まった。夜しか動かさない筏（いかだ）はいつも満員で、緊急に搬送しなければならない負傷者や緊急物資の輸送のために乗る兵士も多かった。夜空に照明弾がかかると筏の便はなかった。爆撃で寸断された清川江大橋は負傷した怪物のような奇怪な姿を現していた。中国志願軍は生徒たちのトラックを優先して筏に乗せてくれた。

トラックは信義州（シンイジュ）に到着し、続いて鴨緑江を渡って中国に入り、汽車に乗り換えた。

そして黒龍江（ヘイルンジアン）省、吉林省、遼寧（リョウニン）省などに分散した。一九五二年十一月、兄が配属されたのは小学校と中学校が一緒になった黒龍江省の牡丹江（ムタンジャン）初等学院だった。一九五三年一月、木陵（ムーリン）初等学院に移動した。木陵は県政府の所在地だったが、雑然として汚い街だった。

学院の宿舎と教室は新しかったが、駅の隣で周りには塀もなかった。第二次世界大戦時のものか、中国の内戦の跡かはわからないが、戦争の痕跡がそのまま残っていた。道路のわきには崩れた家屋が廃墟のまま残り、小高いビルの壁は銃弾の穴だらけで、窓ガラスも壊れたまま無人状態だった。

住民の中にはロシア系の人も多かった。ロシアの十月革命で追い出された人々の子孫らしかった。当時、ロシアは特赦令を出し、外国に亡命した人々の帰国を許していた。学院から丸見えの駅を眺めると、ロシアに戻る大勢の人の姿がよく見えたという。兄を含む四人の成績優秀者は、特別に物理が好きで、集まると核物理に関する議論で時間が経つのを忘れるほどであり、将来はそういった研究職に就くことを希望していた。彼らは、ロシアに行って核物理学の研究分野で博士号を取ることを夢見ていた。四人は逃亡を企て、夜中にロシア行きの貨物列車に乗った。

翌朝、ロシア人の乗務員に見つかった。着いた所がどこかもわからないまま、中学一年生のときに習ったかたことのロシア語で、自分たちは朝鮮人でロシアに行きたい。どうか乗せてくださいと頼み込んだが、まったく相手にされず、列車から放り出された。それでもロシアの方角に向かって三日間歩いたが、とうとう中国の警察に捕まり、学院に戻された。

院長はその逃亡事件で、管理責任を問われた。男の先生が数人がかりで四人を縄で吊るし上げ、棍棒（こんぼう）と鞭（むち）で自分たちがへとへとになるまで殴りつけ、何日も牢屋のような部屋に放置した。そのときから四人には不良者というレッテルが貼られるようになった。

次に移った所は和龍（ホルン）だった。和龍は兄が生まれた土地だが、同時に清算にあった場所でもあったし、「地主」という出身を強いられた所でもあった。兄は出身のせいで、ずっと悩みながら生きてきた。わたしたち一家の出身は「小市民」になるべきだった。出身というのは、その家庭の収入で決まるもので、父は土地の管理をしたこともなく、土地の小作料を受け取ったこともなかった。自分の給料だけで生活していたから、小市民になるべきだったのだ。ところが農会（ヌンフィ）の無知な人間たちの間違いで、「地主」に分類され、兄は苦労を背負った。出身が間違っていなければ、兄は故郷・和龍に戻ってきたとき、親戚を探し、父の元に戻ってきたに違いない。

当時、学院では食堂の職員を中国にいる朝鮮族の中から雇っていた。その中に竹順（ズクスン）というおばさんがいたが、兄は彼女を見て驚き、ご飯もよく食べられなかったという。和龍で清算される前に、彼女はわが家のお手伝いさんだった。当時十八歳だった彼女はおとなしくよく働いてくれたので、母は竹順をうちからお嫁に行かせたいと言っていたが、彼女の父親が解放軍の兵士と結婚させた。ところが中国人民志願軍の一員として朝鮮戦争に出征した彼女の夫はあっけなく戦死した。その竹順が兄をおぼえていて、隠している出身を告げ口するのではないかと兄は恐れたのだ。

彼女は年の割には老けて見えた。昔のような働き者できれいな竹順ではなかった。幸い、竹順は兄に気づかなかった。十七歳の兄が竹順と別れたのは八歳のときだった。和龍に移って一年もしないうちに、兄は山城鎮に移動させられ、竹順ともそれっきりになった。

その当時、中国にいる朝鮮の孤児たちの住所はよく変わった。特に男の生徒の学院は頻繁に住所を変えた。後で聞いたが安全のためということだった。住所を変更することによって四万人の孤児の居場所がわからないようにしたということだ。

一九五五年七月、山城鎮に移動したとき、兄は高校二年生だった。北朝鮮では戦後の復旧建設のため、労働力を必要としていた。三年間の戦争で、熟練した技術者も前線に駆り出され、大勢が犠牲になった。工場などに残っていた技術者や労働者も工場とともに廃墟の中に埋もれてしまったのだった。北朝鮮からも大勢の中学生、高校生が実習生として中国に送られた。中国の高等学院でも中学生や高校生が実習生として工場や企業に技術の勉強や実習に行くようになった。兄は実習に行かせてもらえず、学院に残って高校三年の勉強をさせられた。残った学生の大部分は病気だったり、戦争で手足が不自由になった人たちだったが、脱走事件を起こした兄たち四人もその中に入れられた。実習に行かせてもらえなかった兄は、軍隊に送られることになった。

兄と同じクラスで、わたしの臨時先生だった李南秀も残って高校三年の勉強をしたという。後になって、わたしが李南秀の悪口を言ったとき、兄は「あの人も悪い人ではないよ、かわいそうな人だよ」と言って、彼の腕のことを話してくれた。アメリカの飛行機からは「玩具爆弾」という爆弾をたくさん落とした。それを知らない子供たちが拾い、遊ぼうとして触ると爆発する。李南秀はピカピカの黒い万年筆を拾い、蓋を開けた途端、爆発し手を負傷したが、適切な治療を受けられず、感染し腕を切らなければならないところまでいったという(万年筆型の爆弾とは、焼夷弾の信管だったという説がある)。

父に会って

わたしは山城鎮初等学院で一年を過ごし、五年生になった。わたしたちの学院には来なかったものの、その年、北朝鮮の中央幹部が中国にいる朝鮮の孤児の視察に訪れた。視察団は孤児たちの待遇が朝鮮の生活水準に比べあまりによすぎることを指摘し、北朝鮮に戻ったときに社会に適応できるように育てることを求めた。当時、わたしは十三歳で、クラスには十六歳の子もいた。わたしたちは自分でご飯を作ったり、洗濯をしたことがなかった。縫い物や編み物の経験もなかった。

　中央幹部の視察があってから、生活が変わった。白いご飯に雑穀が混じり、肉の量も減った。冬の綿入れの服が、綿のない裏地のついただけのものになった。女子のクラスにはミシンが一台ずつ置かれ、かぎ針と綿糸が配られ、編み物を習った。実習用の厨房が作られ、当番制で自分たちでご飯を作るようにした。夏休みには布団から綿を解いて出し、表地・裏地を洗濯し、再び綿を入れて縫い合わせた。キムチの季節には、女子生徒全員が動員され、白菜の手入れをし、キムチを作り、甕(かめ)に漬けた。一年間、わたしたちはほんとうにいろいろなことを習った。

　一九五六年七月、わたしは小学校を卒業した。兄のように中学校に進学できると思っていたが、それは叶わなかった。

　戦後の復旧と国土建設には労働力が必要だった。特に工場の技術工や農村の経理などが不足していた。山城鎮初等学院の卒業生全員が、そのまま農業専門学校の生徒と化した。初等学院の教室や宿舎などはそのまま使い、先生だけが変わった。卒業生を除くそのほかのクラスはそのまま勉強を続け、学院の名前も変わらなかった。

農業専門学校で習う科目は中学校と大体同じだった。文学、代数、化学、物理、政治などがあり、農業、土壌管理、そろばんなどが加わった。学院からそう遠くない畑を実習用に使った。春からは午前中が授業で、午後は農業実習だった。畑で土を耕し、種をまき、苗の移植をした。きゅうり、白菜、じゃがいも、トマト、かぼちゃといった野菜のほかに、とうもろこしや豆、ひまわり、西瓜なども少しずつ植えた。

夏休みには作物が生き生きと畑を覆った。わたしたちはみずみずしいきゅうりとトマトをその場でかじり、食堂に持って帰った。じゃがいもにトマトを接いで、一本の苗からトマトとじゃがいもを収穫しようとするなどいろいろ試したこともあるが、失敗に終わった。西瓜は大きく育ちそうだったが、八月になると成長が止まり、中身も白く熟しないままだった。植えたのがあまりに遅すぎたようだ。こうして農業にも、一年間みっちり取り組んだ。

一九五七年五月、高校三年の卒業を前に、兄たち四人は人民軍に入隊することになった。朝鮮に出発する前、兄を含めた予備人民軍隊員全員は中国の工場や企業の見学に出かけた。そこで実習しているかつての同級生にも会ったが、彼らは高校を卒業して、入隊する兄たちをうらやましがっていたという。当時、人民軍に入隊し、五年間の兵役が終わると大学に推薦されることになっていたからだ。

一方、わたしたちも農場や農業協同組合に行くのではなく、中国の工場へ実習生として派遣されるという噂が広がった。実習が終わると、朝鮮の工場に配置されて働くようだった。

当時、朝鮮でも、中国に送られた孤児たちが朝鮮に帰るという噂が広がった。両親が生きていながら子を孤児院に入れ、中国に送った家では、自分の子供を探し始めた。五年前の一九五二年の冬、わたしたち一部の戦争孤児が中国に送られるようになったとき、その行動は秘密裏に行われた。トラックで中国の国境を越え、汽車に乗るまで、行き先は知らされていなかった。

一部の権限のある人は、いろいろなルートで自分たちの子供を孤児のように見せかけ、中国に送り込んだ。その当時は戦争中であり、爆撃でほとんどの都市や街が廃墟となっていて、食料も生活用品も何もかもが不足していた。中国は人民政府の経済対策によって生産が進み、経済的に朝鮮よりはるかに優れていたのだ。

そうした子供たちは、両親が生きていることを知りながら、それを隠して五年という長い歳月を耐えてきたのだ。いくら生活環境が良くても、両親から離れている寂しさはそれ以上にない苦痛である。両親が死んでいるなら諦めるしかないが、生きている両親を死んだと言って、孤児院で生活してきた彼女らのことがかわいそうに思えた。親に引き取られていく子たちをうらやましいと思いつつも、その忍耐力に驚いた。豊かな中国での生活は別にしても、幼い心に秘密を抱えて五年間も辛抱強く暮らすことは並大抵のことではないからだ。

父が生きていれば、わたしも家に帰れるはずなのに、そして勉強も続けてできたはずなのに、と悲しんだ。

六月、兄は人民軍の兵士となり、朝鮮に赴くことになった。兄は出発の前に、わたしを訪ねてきた。二キロしか離れていない同じ山城鎮にいながら、会うのは初めてだった。

「兄さん、朝鮮に着いたら、まず元山に行って美淑を探してみて。お父さんも同じ人民軍にいるから探しやすいと思うけど、きっと探してね、きっと」

「難しいと思うけど、探してはみるよ」

わたしはそのときまで、父が人民軍に入隊したと思っていた。しかし、兄は父が人民軍ではなく、中国の解放軍にいることを知っていた。赴任地から兄は手紙と写真を送ってきた。

兄が去ってひと月も経たないうちに、父がわたしたち三兄妹を探しているという知らせが来た。わたしは兄が残してくれた万年筆で兄に手紙を書いた。父さんがみつかったので、早く中国に戻るようにと。兄はそのときすでに十九歳。人民軍の兵士だったので、中国に戻ることはできなくなっていた。十五歳未満は両親に引き取られることが可能であった。そのとき、わたしはちょうど十四歳だった。兄は人民軍の兵士になった以上、中国に戻ることはできないという返事をよこした。

七月のある日、父が会いに来た。わたしは三歳のときに別れた父の顔がわからなかったし、父も同じだった。わたしは父を一度見上げてから、うつむいて地面を見つめるだけだった。父は兄と美淑のことを聞いた。美淑が養女に行ったことと、兄が人民軍に入隊したことを知らせた。父はただ、大きく溜息をついただけで何も言わなかった。

同席していた裴先生が、

「ほんとうに似ているわね。親子ではないと言われても信じないわ」と言ってわたしを引き寄せ、父とわたしの顔をかわるがわる見ながら快活に笑った。ほかの先生や保母たちもつられて笑いながらわたしを見つめていた。

裴先生はわたしが中国に入って来たときの最初の担任の先生だった。その後、彼女は二歳年下の体育の先生と結婚し、男の子を生み、今は幼稚園クラスの責任者になっていた。

「初めて会ったときは、まだほんの子供だったのに、もうこんなに大きくなって。月日の経つのは早いものね」とわたしの手を取った。

五年前、中国に来たばかりのとき、面倒を見てくれた裴先生の優しい姿を思い出し、わたしも裴先生に体をすり寄せた。父はわたしを見つめて、

「鼻と八重歯が母親にそっくりで……」

と言って微笑んだ。わたしは心の中で、この人がほんとうの父でなくてもついて行きたいと思った。なんとかしてこの孤児院から離れたかった。孤児院の生活はもうたくさんだ。まだ見慣れない父を見上げると、どこか兄と似ているように感じた。兄が今ここにいたらどんなに喜んだだろうと思うと、今ごろやって来た父が恨めしく、兄が戻れないことが残念で、また不憫でたまらなかった。

父は一九五〇年三月、解放軍から地方に異動した。家族が朝鮮の江原道元山（カンウォンド　ウォンサン）に行ったと親戚から聞き、迎えに行く準備をしているとき、六月に朝鮮戦争が勃発して行けなくなった。

休戦の後、いろいろとわたしたちを探す方法を調べたところ、元山市の孤児たちが全員北へ移動したが、その行方がわからないとのことだった。

そして、泰皓（タエホ）伯父の息子の元圭（ウォンキュ）が父を訪ねて来て、わたしたち三兄妹は皆ルーマニアに行っているから心配することはないと伝えたという。父はほんとうにそれを信じていたようである。そのとき、伯父の生活は非常に苦しく、父が何回も一度中国に来るようにと招いたが、戦争のとき、わたしたち三兄妹の面倒を見られなかったことで、父に会う面目がないとついに来なかったという。

一九五六年、父は吉林（ジィリン）市の労働者農民幹部学校に転勤していたが、その校舎の隣に朝鮮児童学院の初等部と高等部があった。それは政府や人民軍の高級幹部の子弟が入っている特別学院だった。もちろん、その学院の待遇はほかの学院とは全然違っていた。その学院の総務の人に、中国に入っている朝鮮孤児の中から、戦争中に離れ離れになった子供を探す方法を教えてもらって、瀋陽にある「朝鮮児童教育処」に手紙を出し、探してもらったという。その後、父は長春にある東北人民大学に転勤した。

次の日、父は長春に戻った。父はそのとき、東北人民大学の日本語の講師になっていた。父が帰った後、わたしは学院で半年近く待った。その半年は過ぎ去った五年間よりも長く感じられた。朝鮮に父母がいる子たちは手続きが早く、一ヵ月くらいで離れて行った。朝鮮にいる親は、子供が工場の実習に出る前に中学校に入れようと急いだのだった。

当時、北朝鮮は復旧建設の時期で経済状態が悪く、物資が不足し、生活用品はすべて中国から提供された。朝鮮の両親の元に戻る子たちには新調した布団が与えられ、新しい服地も持たされた。彼女らと違って、わたしには何も新しいものを作ってくれなかった。

ある保母は「中国にいるとなんでもあるから、必要ないのね」と言った。確かにそうだった。当時中国の物資は質量ともに朝鮮をはるかに上回っていた。先生や孤児たちは、わたしが中国に残り、また父が大学の先生であることを含めて、朝鮮の工場や農村に行かずに勉強を続けることができるのをうらやましがっていた。

一九五七年十一月、ついにわたしも父について学院を離れた。手続きは簡単だったが、朝鮮の国籍から中国の国籍に変わるということで、時間がかかったようだった。

父はわたしたち一家が離れ離れになった経緯を書き、子供を連れ戻したいと、瀋陽にある「朝鮮孤児教育処」に申請した。教育処は父の申請と、わたしが記憶していた父、母、兄、美淑の名前を根拠に親子の関係を認めた。

年表

一九四五年	第二次世界大戦終了
一九四六年	解放戦争開始。
一九四六年七月	延辺地区土地改革開始
一九四七年七月	和龍地区土地改革実施
一九四七年十月	家が和龍で精算に遭う
一九四七年十二月	黒龍江省の母の実家へ移動
一九四九年一月	朝鮮の江原道元山に引っ越す
一九四九年五月	私（英慧）と妹の美淑が忠清里養育院に入る
一九四九年六月	母死去、兄の英圭が山祭里愛育院に入る
一九五十年六月二十五日	朝鮮戦争勃発
一九五十年十月	忠清里養育院解散
一九五十年十二月	山の中のお寺へ

一九五一年四月　忠清里養育院に戻る
一九五一年六月　美淑と別れる
一九五一年八月　長徳愛育院へ移動
一九五一年九月　山祭里愛育院へ移動
一九五一年十一月　咸州愛育院へ到着
一九五二年七月　端川愛育院に到着
一九五二年十月　兄が軍事学院へ
一九五二年十一月　私が鉄道学院へ
一九五二年十一月　兄が中国へ
一九五二年十二月　私が中国へ
一九五二年～一九五七年　兄と私は中国の高等学院と初等学院で生活
一九五七年六月　朝鮮人民軍に入隊
一九五七年七月　父が私たち三兄妹を探す
一九五七年十一月　私が父のところへ戻る

このたび本を出版するにあたり、編集に携わってくださった万来舎の藤本敏雄社長にはいろいろとご苦労をおかけしました。衷心より御礼申し上げます。

参考文献

『抗美援朝戦地日記上・下』（西虹著・長城出版社）
『抗美援朝防控作戦記実録』（陳輝亭、陳雷著・解放軍文芸出版社）
『延辺通史　中巻（近代史）』（焦増勇著・香港亜洲出版社）

装　画・青木麻美
装　幀・市川由美
地　図・山村ヒデト
挿し絵・柴妻潤(ツァイロウルン)

申　英慧（シン　ヨンヒェ）

1942年、中国の吉林省和龍県に生まれる。7歳から14歳まで北朝鮮及び中国の孤児院で暮らす。1950年6月から1952年11月までの間、元山市一帯で朝鮮戦争を経験した後、1957年に父のもとへ戻る。1968年、吉林工学院電気学部卒業。1982年、吉林大学日本語講師。1983年から日本語、中国語、韓国語への翻訳を始め、現在に至る。

主な翻訳書としては、『富士—大山行男写真集』（大山行男著　クレヴィス）、『唐山大地震』（チャン・リン著・共訳　角川文庫）などがある。

戦争孤児

2015年8月8日　初版第1刷発行

著　者：申　英慧
発行者：藤本敏雄
発行所：有限会社万来舎
〒102-0072　東京都千代田区飯田橋2-1-4　九段セントラルビル803
電話　03（5212）4455
E-Mail letters@banraisha.co.jp
印刷所：日本ハイコム株式会社

ISBN978-4-901221-91-7